Сърце от камък

ЛЮСИ ЕЛЕАЗАР

Издателство „Оптимал", 2017

СЪДЪРЖАНИЕ

ПЪРВА ГЛАВА

Дони беше хубав мъж. Не много висок, но силата пращеше от тялото му. Дрехите му винаги подчертаваха мускулите, върху които работеше ежеседмично в залата. Носеше тъмната си коса в къса, спретната прическа, ходеше с леко набола брада и очите му закачливо надничаха иззад тъмните очила. Обичаше да подхвърля леки, духовити коментари към непознати жени и момичета, които почти винаги се усмихваха насреща. Изкарваше прилични пари. Колата му винаги блестеше от чистота, обличаше се в ненатрапчиви, но винаги маркови дрехи. Изобщо, Лили имаше всички причини за гордост, когато вървеше до него.

- Лили? Къде да сложа този кашон? - прекъсна мислите ѝ Маша, застанала на вратата на магазина с очевидно тежък товар. Изглеждаше малко нелепо в строгата рокля и обувките на токчета. Пръстите ѝ внимателно държаха кашона, за да не нарани перфектния маникюр. Маша я погледна с лек укор. - Пак витаеш!

- Витая ли? Глупости! Остави го в склада, няма да го разтоварваме сега пред очите на клиентите - Лили надникна навън. - Доставчикът не ти ли помогна да го внесеш? Аман от кавалери!

Маша вдигна рамене.

- Плащаме само за стоката, за разтоварването трябва допълнителен чар, а аз явно не се справям - в гласа ѝ се долови известна горчивина.

- Кой караше днес? - подсмихна се Лили. - Да позная ли? Мосю льо Пиер?

- Ненадминат ЖентЕлмен! - промърмори Маша и понесе кашона към склада.

Лили и Маша бяха приятелки от детинство и от малки си мечтаеха да имат собствен магазин. Години по-късно успяха да сбъднат своята мечта. Магазинът работеше вече две години и от скоро печалбата беше станала достатъчно добра, за да осигури и на двете нормален доход. Започваха да мислят и за трето момиче, което да наемат като продавачка, за да могат те самите да си поемат глътка въздух. Засега се справяха като се редуваха – един ден едната зад щанда, а другата движеше останалата административна работа по управлението на магазина, на следващия се разменяха.

- Днес май не е много натоварено? - Маша излезе обратно от склада.

- Колкото обикновено - Лили се облегна на рафта и огледа щандовете с разнообразни спортни стоки. Няколко души се шляеха между рафтовете, но тя вече познаваше по поведението им, че никой от тях няма намерение да купува. - Трябва да подновим договора за СОТ-а. Изтече още преди два месеца, а преди две вечери са разбили един магазин на съседната улица, не бива да се бавим повече.

- Уф, пак пари ще искат – намръщи се Маша. - Не ми се слуша за пари сега. Нещо ми е изнервено. Кажи ми нещо хубаво. Къде ходихте снощи с Андон?

- С Дони ли? - сепна се Лили, сякаш я питаха нещо особено изненадващо. - Ами нищо специално. Бяхме в "Здрача" с няколко негови приятели, хапнахме, пийнахме... - тя се запъна, чудейки се как да продължи. - .... и това беше, после се прибрахме.

- Добре де, вече толкова време сте заедно, още ли не ти е предложил да живеете заедно?

- Е, аз понякога оставам у тях, но ценя комфорта на собственото легло.

- Лили, Лили, не е добро това мислене, трудно ще се омъжим с теб – въздъхна Маша.

- Е, стига и ти, не сме престарели, имаме време и за мъже, и за деца – колебливо възрази Лили.

- Имаме ли? Аз ставам на трийсет и две другия месец, а и ти вече гониш трийсетте. Не ми се струва, че имаме време.

- Какво значение има възрастта, нали сме хубави? - опита да се пошегува Лили.

Маша беше пищна и поддържана блондинка. Беше наследила от майка си руските черти и приличаше на кукличка. Русите ѝ къдрици падаха около изписаното лице. Дрехите ѝ винаги бяха перфектно подбрани, за да подчертаят формите ѝ. Лили недоумяваше как може тайнственият Мосю льо Пиер да остане безразличен към подобно предизвикателство.

За разлика от нея, Лили не излъчваше такава подчертана

сексуалност. Смяташе себе си за далеч по-невзрачна. Нямаше форми на манекенка, но нямаше и какво да подчертае с дрехите си, освен мускулите, които беше оформила с дълги години активно спортуване. Косата ѝ беше тъмна и права, като обикновено я носеше на опашка, за да не ѝ пречи. По-интересни бяха очите ѝ – бяха големи и екзотично извити. Лили винаги се беше чудила от къде ги е взела, предвид че никой друг в семейството ѝ ги нямаше. Може би от бащата, когото така и не познаваше. Лили обикновено се обличаше спортно, но днес беше в лека лятна пола и шарена блуза.

- Хубостта е до време, казваше баба ми... - Маша не се отказваше лесно.

- Мисля, че си в Сатурнова дупка. Нали знаеш, 40 дни преди и след рождения ден...

- Знам, знам, случват се лоши неща и те спохождат лоши мисли - прекъсна я Маша. - Ти нали не си в Сатурнова дупка? Защо не се развиват вашите отношения с Андон? Ей така, да повлечеш крак, както се казва.

- Е, как да не се развиват... – Лили се почувства засегната. - Просто не може така отведнъж, нужно е време.

- Уф, все едно говоря с телевизор! – махна с ръка Маша. - Аз отивам да разпусна малко, за да мога утре да съм свежа за смяната.

Лили се опита да преглътне неприятното усещане, което оставиха у нея думите на Маша и да се заеме с питанията на един клиент относно качествата на палатките. Беше горещ, летен следобед и като че ли повечето клиенти се спираха в магазина, за да влязат на хлад и да си поговорят общи приказки, вместо да купуват. Към шест следобед, малко преди да се ориентира към приключване, Лили вече се чувстваше изтощена от празни приказки. Прегледа набързо онлайн поръчките и ги пакетира, за да бъдат готови за взимане на сутринта. В момента в магазина нямаше клиенти и тя реши, че е добър момент да разопакова новата стока. Отиде в склада и взе кашона, който Маша беше внесла на обяд. Занесе го до щанда с обувките и внимателно го разопакова, за да попълни липсващите чифтове. Извади първата кутия и машинално се приготви да я сложи до джапанките, като хвърли бегъл поглед на надписа. Вече ги слагаше на рафта, когато до съзнанието ѝ достигна това, което четеше и изпусна кутията като опарена. Вместо очакваните джапанки, там имаше презервативи!

Лили се взря недоверчиво в кашона. Ами да, точно така, изглежда, че нито Маша, нито нейният "Мосю льо Пиер" са гледали какво правят, докато приемат и предават стоката. Маша, Маша... като станеше дума за мъже, сякаш умът ѝ изчезваше нанякъде!

Знаеше, че Маша имаше особен интерес към шофьора. Самата Лили не го познаваше лично. Единственото, което знаеше за него, беше, че се е върнал в България, след като е завършил университет във Франция и е работил там. Интересно ѝ беше станало, че с цялото си образование, тук работеше като прост шофьор на камион на посредническа фирма. Е, сега щеше да се наложи да се запознаят и лично!

- Добър ден, търся Камен – Лили се постара да запази спокоен и равен тон. Макар и по телефона, едва не се изкуши да използва прякора "Мосю льо Пиер" - господин Камъкът, който му бяха измислили двете с Маша.

- Здравейте, на телефона - гласът му беше дълбок и спокоен.

- Обажда се Лили от магазин "Скалата". Днес трябваше да ни доставите един кашон със спортни...

- Да, предадох го на вашата колежка – прекъсна я нетърпеливо той.

- Имам протокола, подписан и от вас, и от нея - тя усети как раздразнението ѝ расте. - Но изглежда, че нито един от вас не е гледал какво точно предава и какво точно приема, защото в кашона всъщност има... хм... - кой знае защо, тя внезапно се притесни да произнесе думата.

- Какво има в кашона? - изръмжа той. - Паяци?

- Не, не – прекъсна го тя, ядосана на себе си. - В кашона има ... презервативи. Изглежда, че сте объркал доставката.

Мъжът насреща замълча за момент. После добави..

- Е, трябва да признаем, че за едно приятно къмпингуване човек има нужда и от това. Може би е знак, че трябва да ги включите в асортимента на магазина.

- Моля Ви, без излишни философии! Кога ще мога да си получа джапанките? - кой знае защо, разговорът с този "мосю" с прочувствен глас я изнервяше.

Той отново замълча. Този път мълчанието продължи по-дълго и за момент тя дори се почуди дали не е затворил.

- Ще проверя какво се е случило и ще Ви звънна след малко. Това Вашият номер ли е?

- Да – Лили се поколеба, но кой знае защо добави: - Това е личният ми номер.

Приключи разговора и пое дълбоко въздух. От сутринта вече се беше наложило да върне трима клиента с обещанието, че ще имат джапанки в наличност до няколко часа. Разбира се, клиентите не се върнаха и на нея никак не ѝ се искаше ситуацията да се случва отново. Колкото до Мосю льо Пиер, гласът му определено беше особен и запомнящ се. Вероятно това беше привлякло Маша така. Телефонът иззвъня.

- Лили? Камен от „Ню Уей Дистрибюшън" е. Проверих и нашите наличности и наистина сте права. Получило се е някакво объркване, тъй като кашоните имат еднакви размери. Мога да мина през Вашия магазин утре около три следобед?

- Три следобед?! Но поръчката ми беше за днес сутринта!

- Опасявам се, че графикът ми преди това...

- Вижте какво, мосю ... - Лили прехапа устните си. Как можа да го изтърси?! - Вижте какво, Камен...

Мисълта ѝ секна и тя не успя да я довърши. Отново настъпи мълчание. Тя вътрешно се помоли да не е чул грешката ѝ.

- И да гледам, и да не гледам, часът минава шест и половина, а моето работно време приключи в шест - той не показа с нищо да се е впечатлил.

- Но грешката е Ваша.

- Колкото моя, толкова и Ваша. Вашата колежка – Мария беше, нали? - се е разписала, че е получила желаната стока. От там нататък аз от къде да знам дали Вие не сте извадили този кашон с презервативи от собствените си резерви?

- От моите резерви ли? Аз изобщо... - но какво правя, защо говоря по такива теми с един непознат? Лили рязко замълча и добави натъртено. - Колежката ми се казва Маша. И очаквам от Вас да поправите грешката, която сте допуснал, възможно най-бързо.

- Ще видя какво мога да направя. Но не мога да Ви обещая нищо по-рано от утре в три следобед. Пожелавам Ви приятна вечер, Лили!

Нахалник! Лили хвърли телефона върху бюрото. Беше успял да я ядоса с няколко реплики по телефона. Не е чудно, че Маша постоянно се мръщеше заради него. А той дори не помнеше правилно името ѝ... Изглежда беше от онези мъже, които не възприемаха сериозно жените в бизнеса. Как обичаше само такива екземпляри!

Подритна ядно кашона и започна да събира нещата си. Тъкмо се готвеше да затваря, когато вратата се отвори и влезе Андон, целият скрит зад огромен букет цветя.

- Миличко! Цял ден си мисля за теб! Заповядай! Моля те, приеми го като извинение за снощи! - той се втурна към нея, тикна букета в ръцете ѝ и я целуна, преди да ѝ даде време да реагира. Имаше разкаян вид.

Лили беше раздвоена. Беше, както винаги, много изискано облечен, ухаеше на скъп парфюм, а букетът беше наистина прекрасен.

- Благодаря за цветята – смотолеви тя. Но можеше ли с един букет да му прости всички пиянски изпълнения от предната вечер?

- Снощи се почерпих повечко, все пак беше на Финката рожденият ден, нали знаеш. Бях и изморен и имам някои бели петна...

Разкаяното ангелско изражение на Андон би могло да разтопи и статуя. Лили беше почти готова да забрави обидите, които беше изрекъл за нея пред цялата компания, грубия начин, по който после се беше опитал да я накара да стигнат до интимна близост на кръстовището на две улици, по които въпреки късния час минаваха достатъчно хора, грозните думи, които беше отправил към нея след това. Беше толкова мил и разкаян, че направо не ѝ се вярваше, че става въпрос за същия човек. Е, какво пък толкова е станало, мислеше си тя. В крайна сметка, на всекиго се случва да се почерпи и да прави глупости след това. Дони все пак беше хубав мъж. Имаше добри обноски. Изкарваше добри пари...

- Извинявай, ако съм те наранил или обидил някак, със сигурност не съм го искал – Дони сякаш беше готов да падне на колене пред нея. Очите му се взираха право в нейните, изпълнени с искрено страдание. Почувства се поласкана.

- Остави – тихо каза тя. - Ще приема, че не се е случвало.

- Милата ми тя – той я прегърна и я притисна към стената в задушаваща целувка.

Трябваше да признае, че Дони се целуваше добре. Ръцете му веднага бръкнаха под ефирната ѝ блузка. Точно в момента обаче тя не беше настроена за нежности. Въпреки че работното време беше приключило, магазинът не беше заключен и всеки момент можеше да влезе някой клиент.

И този момент не закъсня. Вратата се отвори с трясък и касата се изпълни от силует на висок, жилав мъж.

- Е, къде са ми презервативите?

ВТОРА ГЛАВА

Андон се отдръпна рязко и погледна смръщено. Лили премигна, опитвайки се да фокусира срещу залязващото слънце.

- Къв си ти, бе? - изсумтя Андон и зае нападателна позиция.

Лили веднага скочи и го хвана за раменете.

- Дони, чакай...

- Извинявам се, ако прекъсвам нещо – спря думите ѝ Камен. Нямаше вид ни най-малко да съжалява. - Останах с впечатлението, че въпросът е особено спешен и реших да жертвам ценното си свободно време.

- Какъв спешен въпрос... - Андон наежено направи крачка към него.

- Дони, стига! - Лили почти извика. Измъкна се иззад него и му препречи пътя към новодошлия. Въпреки смущението си, се опита да запази самообладание и да приключи ситуацията възможно по-бързо. - Носите ми стоката?

Мъжът си придаде отегчен вид и кимна с глава към кашона, който беше оставил до краката си. Лили продължаваше да не вижда добре чертите му заради блестящото зад него слънце. Виждаше само, че косата му е светло кестенява, разпиляна в небрежна прическа, а очите му я гледат с насмешка. И ѝ се видя висок, много висок. Носеше поизмачкана тениска и къси панталони.

Кашонът стоеше в краката му, той не се помръдваше. Сякаш бе направен от камък. Съвсем объркана, Лили се наведе и го взе, изпитвайки неприятното усещане, че коленичи в краката му и някакво особено смущение, че се намира толкова близо до голата му кожа. Премести го няколко метра по-навътре, когато иззад нея долетя глас.

- Предлагам Ви само да погледнете дали всичко е точно, да ми върнете моята стока и после да се занимавате с разтоварване. За съжаление не разполагам с цяла вечер.

Защо с всяка своя реплика този човек я караше да се чувства глупаво? Пусна с трясък кашона и със замах отвори горния капак. Подредените чифтове джапанки сякаш ѝ се присмиваха.

- Всичко е точно – процеди през зъби. Беше стигнала точно до рафта, пред който беше оставила сбъркания кашон и кимна към него. Нямаше да му достави удоволствието да му го занесе до вратата обаче. - Заповядайте, вземете си сбърканата стока.

Мосю льо Пиер пристъпи бавно. Кой знае защо, ѝ направи впечатление колко грациозно се придвижва. Дони работеше върху походката си, полагаше специални усилия в зависимост от случая, но някак винаги ѝ стоеше леко изкуствено, докато нещо в движенията на този човек ѝ напомняше на тигър, тръгнал на лов. Какво ѝ ставаше? От кога беше започнала да обръща внимание как изглеждат и как се движат доставчиците?

- Да проверявам ли броя на презервативите? - повдигна вежди той.

- Но моля Ви се... - Лили се изчерви.

- Ако получа оплаквания от другия клиент, ще отговаряте директно - Камен вдигна кутията, погледна я без да се усмихва и се отправи към изхода. - Желая Ви приятна вечер!

Още с излизането му, Андон почти скочи върху нея.

- Защо не ме предупреди? Защо ме остави да изглеждам толкова глупаво? - той я сграбчи за раменете и я разтърси.

Лили се опита да се освободи.

- Нямах представа, че ще се появи точно в този момент. Съжалявам. Моля те, нека тръгваме! Днес беше ужасно дълъг и изморителен ден.

Следващите дни минаха в обичайния си ритъм и скоро Лили забрави за случката. Кой знае защо, дори не я разказа на Маша. Само спомена, че е имало объркване и че Мосю льо Пиер се е върнал да достави правилния кашон. В магазина беше натоварено и не им оставаше много време да коментират личните си проблеми. Маша беше настояла да направят промоционален период с намаления върху стоките с най-голямо търсене в летния период и за щастие, идеята ѝ се оказа доста успешна. В повечето време Лили се занимаваше с координацията на рекламата и подготвяше стоката за онлайн продажбите, а Маша продаваше в магазина. Вечер обичайно излизаше с Дони, но беше толкова изморена, че настояваше да се прибере не по-късно от десет часа. Той най-често я изпращаше, след което се връщаше в заведението при приятелите си.

Тази вечер не ѝ се ходеше по заведения, имаше нужда да се разходи малко на въздух. Запали колата и се изкачи на хълма над града, откъдето се разкриваше прекрасна гледка към светлините на града. Напоследък сякаш я обхващаше меланхолия. Как ѝ се ходеше на преход из високите планини. Беше толкова отдавна, когато за последно беше изкачвала пиринските върхове. Не ѝ оставаше много време за спорт. Паркира колата и тръгна по тясната пътечка към малката площадка с пейки, от която човек можеше да се порадва на гледката. Усети вибрацията на телефона и го извади от чантата си. Взря се в екрана. Беше брат ѝ.

- Сестра ми, как си?

- Ами всичко е обичайно. При вас?

- Слушай сега за какво те търся – Павел не обичаше да води дълги разговори - Другата седмица ще трябва да отида в командировка. Наложително е, няма как да го избегна. А Маги ужасно се притеснява да остане сама с бебето. Майка ѝ, знаеш, е в Испания, няма как да се прибере за 2-3 дни, за да бъде с нея, а мама... - той не довърши. Нямаше и нужда. Бяха се разделили ненавременно с майка си преди година, малко след като тя беше научила за идването на бебето, на което така и не успя да стане баба. - Имаш ли някаква възможност да си вземеш няколко дни отпуск и да дойдеш до Варна? Маги си гледа детето съвсем сама, няма да те ангажираме с гледане, по-скоро за компания. Ще ходите на разходки, на плаж... Просто така, да бъдеш вечер край нея за кураж?

Другата седмица... как ѝ се искаше да му каже, че няма проблем и да му обещае, че ще отиде и ще гледа племенника си. Беше напълно склонна дори да поеме изцяло грижите за нея и да пусне снаха си да отмори, но не беше толкова лесно.

- Павка, ще видя... Знаеш, че не зависи само от мен. В момента е много напрегнат период в магазина и...

- Ясно, разбрах. Ще потърся друг вариант.

- Не, не, моля те, изчакай. Само трябва да говоря с Маша дали ще е съгласна да се заеме изцяло с магазина в тези дни. За кога точно ти трябвам?

- От неделя до вторник, но наистина, не си прави труда, ще видим и други възможности.

- Ще ти се обадя утре сутрин.

Брат ѝ затвори. Лили се почувства ужасно виновна. Знаеше, че той няма да се разсърди, но тя самата се чувстваше неудовлетворена. Защо изобщо беше вложила толкова много усилия за един успешен бизнес, щом дори не можеше да се отзове на молбата на брат си за помощ? Ставаше въпрос само за няколко дни. Дори и да затвореше магазина в тези дни, нямаше да фалира.

Трябваше да признае, че от години живееше доста самотно. Баща си не познаваше. Двамата с брат ѝ бяха израснали заедно с майка им. Павел се отдели, още когато отиде да учи във Варна, а после се ожени и заживя собствен живот там. Лили остана край майка си. Множество болести бяха нападнали крехкото тяло на майка им, а тя дори не проявяваше особено желание да се бори с тях. Лили просто не можеше да я остави. Затова посвети младостта си на грижите за нея. Разбира се, срещаше се и излизаше с различни момчета, но не можеше и да помисли за нещо по-сериозно, докато беше ангажирана с майка си. Завърши образованието си задочно, а след това започна малко по малко да работи в посока мечтата си да направи собствен спортен магазин. Първо започна работа като продавачка, за да се запознае в детайли с процеса, да създаде контакти с хората, от които имаше нужда. После, с помощта и финансирането на Маша, отвориха техния магазин. Градът им не беше много голям и ѝ беше ясно, че на този пазар трудно ще просъществува специализиран магазин, но успяваха да се справят чрез онлайн търговия. Голяма част от поръчките идваха през интернет и така успяваха да покрият цяла България, а понякога имаха клиенти дори зад граница. Грижите за болната ѝ майка и стартирането на магазина така бяха обсебили силите и ежедневието ѝ, че Лили почти нямаше други занимания. Когато майка ѝ почина, в живота ѝ зейна огромна празнина. Като не знаеше как по друг начин да реагира, Лили се хвърли с тройни сили в разработването на магазина и се вкопчи в Андон.

Андон.... С него се познаваха от малки, учеха в съседни класове. Тя го помнеше от тийнейджърските си години, беше го харесвала още тогава. Той обаче прояви интерес към нея едва преди две години, когато случайно се бяха засекли на един рожден ден на общ познат. Когато след един танц я изведе на балкона и я целуна, Лили се чувстваше като в сбъднат сън. Толкова дълго беше мечтала за него в юношеските си години, че едва повярва, че това наистина ѝ се случва. Въпреки това, не беше готова за сериозно обвързване, а и той не беше особено настоятелен. Междувременно майка ѝ почина и периодът на траур съвсем изтласка тези мисли на заден план. Маша беше права, че вече почти две години се виждаха с Андон, а отношенията им бяха като на тийнейджъри. Сядаха вечер в някое заведение, а после открадваха по някоя целувка. Понякога Лили отиваше у тях и оставаше за цяла вечер. Не ѝ беше неприятно, но напоследък го усещаше като някакво задължение. Сигурно при всички е така, успокояваше се тя. Човек не може цял живот да изгаря от страст...

Унесена в мислите си, твърде късно забеляза, че на малката площадка с пейки и изглед над града вече има някой. Не очакваше посетители по това време и затова се спря изненадано. Стъписа се още повече, когато две сини очи я стрелнаха, с позната насмешка.

- Каква изненада да Ви видя тук! - повдигна вежди Камен.

- Здравейте! - Лили не можеше да откъсне очи от неговите. Предният път, в сянката на залязващото слънце, не бе забелязала колко наситено син е цветът им. - Трябва да призная, че и аз не очаквах да Ви срещна точно тук.

- Обичам да се разтоварвам след тежък работен ден - Камен се надигна от средата на пейката, на която се беше разположил и се премести в единия ѝ край. - Заповядайте, седнете!

До него имаше още три свободни пейки, нямаше причина тя да застава толкова близо до него. Но щеше да бъде много грубо да откаже предложението му. Лили внимателно седна в края на пейката. Полата ѝ леко се повдигна и тя кръстоса голите си колене. Опита да придърпа ъглите на полата надолу, но пейката беше ниска и половината ѝ бедра оставаха непокрити. Стараеше се да не поглежда към него, но усети бързия му изгарящ поглед.

- Много обичам да гледам града от тук по залез слънце.

- Още по-красиво става, когато падне нощта и се виждат само светлините. Вижте, ето там е високият блок – той посочи с ръка, - а там, до него, е Вашият магазин. Вечер свети ли по някакъв начин?

- Имаме неонова реклама, едва ли ще се види от тук.

- Трябва да проверим – гласът му доби ниския и чувствен тембър, който я беше впечатлил още при първия им телефонен разговор. Странна тръпка пробяга по тялото ѝ.

- Едва ли ще остана докато се стъмни – нервно се засмя Лили. - Искаше ми се просто да намеря малко усамотение и да избягам от проблемите си.

- Преча ли? - веднага запита той.

- Не, не, в никакъв случай. Аз просто... Всъщност, приятно е да намериш човек, който също оценява красотата на тази гледка.

- Не идвате ли тук често с Вашия... приятел? Съпруг? - гласът му не издаваше емоция, сякаш питаше просто от учтивост.

- С Дони? О, не, за него е загуба на време да се движи по места, където не може да бъде видян от други хора - Лили прехапа устни. Как успяваше да каже неща, преди да ги помисли? Последното нещо, което би искала, е да злослови срещу приятеля си пред този странен човек. Почувства се длъжна да добави. - Той е много социален човек, обича хората и компаниите. В повечето случаи излизаме в компанията на негови приятели.

Камен не отговори, а се загледа напред. Лили се загледа в него. Под тениската му се очертаваха здрави мускули. Първоначално ѝ се беше видял висок и слаб, но сега виждаше, че тялото му е добре сложено. Определено беше висок, но в никакъв случай - слаб. Просто не подчертаваше мускулите си така, както Андон го правеше.

Слънцето клонеше към залез и хвърляше огнени отблясъци върху меките черти на лицето му.

- А Вие? Сякаш не очакваш да Ви заваря тук сам? - осмели се да попита тя. Любопитството я гризеше.

- И аз ли Ви изглеждам като социален човек? - засмя се той. - Ще трябва да Ви разочаровам. Ценя моментите, в които мога да остана сам със себе си...

Той се обърна към нея и протегна едната си ръка на облегалката на пейката. Силните му пръсти почти достигнаха нежното ѝ рамо.

- Може ли да си говорим на ти? Някак не ми пасва на атмосферата тук да говоря толкова официално.

- Разбира се – Лили изпита леко смущение. Без друго против волята си започваше да го чувства близък.

- От кога се занимаваш с магазина? - премина на неутрална тема той.

- Минаха две години, откакто го отворихме. Дело е на двете ни с Маша.

Лили започна да разказва сбито, но ентусиазмът и гордостта от постигнатото я завладяха и несъзнателно се увлече в разказ за трудностите, през които бяха преминали. Той изглежда я слушаше с интерес и ѝ задаваше въпроси, които я разпалваха все повече и повече. В един момент осъзна, че сигурно половин час не е спряла да говори.

- Радвам се, че хората ни търсят и ни препоръчват – с блеснали очи разказваше Лили. - Случвало ми се е някой да дойде и да каже, че е намирал някоя стока по-евтино, но е дошъл при нас, за да можем да го посъветваме, да кажем мнението си за съотношението на качество и цена. Хората много често наистина не знаят от какво всъщност имат нужда.

- Така е, повечето хора наистина имат доста грешна представа за това какво всъщност търсят - Камен се усмихна и я погледна особено. Нещо проблесна в очите му. Беше необяснимо, но по тялото ѝ премина странна тръпка.

- Но стига аз съм говорила – някак прибързано каза Лили. - Разкажи ти как попадна в града? Май не си от тук?

Той изведнъж стана сериозен. Отне му малко време преди да каже сковано.

- Не, не съм живял в града. Имам роднини тук обаче. Така се случи, че животът ме отвя насам.

- Да си призная, не заглеждам много кой точно кара бусовете, но ми се струва, че си от скоро на тази работа?

- Така е, от скоро.

Камен изтегли ръката си от облегалката и подпря длани върху коленете си. Изглеждаше като да се опитва да добави още нещо, но така и не намираше подходящите думи. Лили направи последен опит.

- А какво си работил преди това?

- Хм, всъщност доста неща. Бил съм и в производството, и в дистрибуцията, и в управлението...

- Опитен бизнесмен си значи – пошегува се Лили.

Камен ѝ хвърли изпитателен поглед и остана сериозен. После се загледа отново към покривите на къщите в краката им.

- Доста опит имам, да.

Той насочи вниманието си към слънцето. Огромното червено кълбо беше наполовина скрито зад съседния хълм и планината бързо изяждаше и останалата част. Цялото небе беше обагрено в червено.

- Погледни – тихо каза той, - красиво е, нали?

- Красиво е...

Имаше някакво вълшебство в този момент. Лили сякаш излетя от черупката на еднообразното си сиво ежедневие и душата ѝ се понесе свободна като птица. Емоцията я завладя изцяло. Наблюдаваха залеза мълчаливо, докато и последната част от слънцето се скри зад хълма. Лили изпита желание да му благодари, че е станал част от това вълшебно изживяване, но не намираше думи. Тъкмо отвори уста, когато телефонът ѝ иззвъня.

Андон! Съвсем беше забравила за съществуването му. Почувства се, сякаш я беше хванал гола в леглото с друг мъж. Но що за глупости, тя просто стоеше на любимото си място и наблюдаваше залеза, както го беше правила десетки пъти. Просто.... просто този път беше някак различно. Телефонът звънеше, а тя не се решаваше да вдигне. Камен повдигна вежди в очакване. С треперещи пръсти Лили дръпна зелената слушалка, изправи се и се отдалечи на разстояние.

Камен дочуваше части от разговора им.

- Да, Дони... Ами тук съм... нищо особено не правя... Не, не съм вкъщи, но скоро ще се прибера... Ами тази вечер мислех да си почивам малко, че имах доста напрегнат ден в магазина.... Добре, да, ще вляза онлайн малко по-късно...

Камен се усмихна. Кой знае защо, му достави особено удоволствие мънкането и заекването на Лили. Хареса му как тя не посмя да каже на приятеля си къде всъщност се намира и какво всъщност прави. Не че това имаше значение или щеше да промени нещо.

- Аз май ще трябва да потеглям – приближи се Лили. - Скоро ще се стъмни, а единият ми фар не работи добре...

- Права си, става късно - той също се изправи.

Лили се огледа. Не беше забелязала друг автомобил наоколо. Притесняваше се, че отива твърде далеч, но не можеше да не му предложи:

- Да те закарам?

- Да ме закараш ли? - той се разсмя от сърце. Кимна в посока към близкото дърво и тя едва сега забеляза подпрения там велосипед. - Много мило, но имам още доста километри да извъртя, за да достигна дневната норма. Позаседяхме се тук... Но пък си заслужаваше.

- Е, щом си с колелото... Благодаря за приятната компания! Приятна вечер ти желая!

Лили почти се затича надолу по пътечката към колата си. Не посмя да се обърне, докато не седна зад волана и не сложи колана. Камен не беше помръднал от мястото си. Тя му помаха и той вдигна ръка в отговор. Запали колата и потегли бързо надолу. Нещо особено се беше случило тази вечер.

ТРЕТА ГЛАВА

Лили не спа добре. Сънува объркани сънища, в които хора и картини се преливаха една в друга. Сънува, че е на върха на висока планина и гледа света в краката си. Протяга ръце нагоре към слънцето и сякаш докосва небесата. В този момент обаче черна сянка пада заплашително отгоре ѝ. Не е сянка. Това е Андон. Тя се опитва да му се усмихне, но вижда, че в ръцете му стои голям и блестящ нож, а лицето му е изкривено от грозна гримаса... Тя се събуди с писък. Отне ѝ време, докато осъзнае, че е сама в тъмното си легло и че това е било само сън. Унесе се отново и този път сънува едни познати сини очи — викаха я, примамваха я, пристъпваше все по-близо и по-близо, докато накрая започна да потъва в тях...

На сутринта стана с натежали от умора клепачи. Бяха се разбрали с Маша тя да отвори магазина. Изпи набързо едно кафе, облече се и потегли. Пъхна ключа във външната ролетна щора и машинално го завъртя.

Умът ѝ още работеше на бавни обороти и отне малко време да осъзнае, че ключът се превърта свободно и не прави нищо. Сърцето ѝ прескочи един удар. Моментално разсънена, огледа положението и видя, че всъщност щората беше само леко прикрепена с една пръчка, така че да изглежда спусната, а ключалката беше разбита. Отмести пръчката и с треперещи ръце вдигна щората.

Както и очакваше, гледката вътре беше отчайваща. Касата беше изтърбушена, рафтовете преобърнати, част от стоката видимо липсваше, а другата се търкаляше по земята с разкъсани опаковки. Направо ѝ се дорева. Забърза обаче към задната част на магазина, където беше складът. За него имаше двойна система на заключване, за която всички ѝ се смееха. Натисна дръжката, изглеждаше заключено. С треперещи пръсти най-накрая успя да отвори. За нейна радост изглежда крадците бяха бързали и явно не се бяха занимавали да пробият системата на заключване. Стоката в склада си стоеше така, както я бяха оставили предишния ден.

А точно днес имаше среща на обяд за подновяване на договора за СОТ-а... Що за лош късмет, как бяха успели да се забавят толкова с подновяването! Лили ядно удари по тезгяха. Нямаше време за губене обаче.

Събра сили и се залови за работа. Звънна в полицията, после на Маша. Сложи табела на вратата на магазина, че днес няма да работят и се зае да изчислява загубите. За щастие, не държаха парите от оборота в касата през нощта, така че пари в брой не беше изгубила. По-голямото количество стока стоеше в склада, така че също беше съхранено. Сега оставаше най-неприятното — да върнат нещата по местата и да установят липсите.

Маша влетя в магазина след петнадесетина минути.

– Е, не! – огледа се тя. – Ще ги разкатая! Само да ми паднат! – тя започна да реди клетви срещу извършителите. – Лили, това не са случайни хора, вярвай ми! Това са хора, които са знаели, че точно в този момент за няколко дни нямаме СОТ.

– Е, чак пък толкова... виж, че не са знаели как да влязат в склада. Не са знаели, че не държим пари в касата...

– Е, това го знаем само аз и ти. Ако и това знаеха, значи една от нас щеше да го е направила. Аз не мисля, че е само лоша случайност.

– Нали ти казах, че миналата седмица бяха разбили магазинчето за телефони надолу по улицата? Явно има хайка... и ние сглупихме, като не се заехме веднага...

– Магазинчето има ли СОТ?

– Ами не знам, честно казано. Трябва да питам Явор, той е от компанията на Дони. Той работи към СОТ-аджиите и ги знае...

Маша я стрелна с поглед.

– Ти да си им казвала, че имаме прекъсване в договора?

– Маша, мисля, че си прекалено мнителна! – Лили беше едновременно възмутена и смутена. – И аз съм ядосана, но да не почваме да обвиняваме целия свят за собствената си глупост. Едва ли съм говорила с тях по въпроса, те рядко се интересуват от моите проблеми. Във всеки случай обаче Явор знае сигурно по-добре от мен кой и до кога има договор в града... Хайде да се залавяме с теб за работа по-бързо, да опитаме да отворим възможно по-скоро. Полицията ще си каже думата.

- Ще каже тя. Ще минат, ще огледат и ще кажат, че нищо не могат да направят – изсумтя Маша.

Оказа се права. Полицаите само им съобщиха, че има няколко подобни случая в последните месеци и че вероятно са дело на организирана група от няколко човека, но не им дадоха надежди, че ще могат да ги заловят. След като огледът приключи, Маша и Лили се заловиха да подреждат останалата стока обратно по рафтовете и да броят. Бяха взели предимно по-скъпа техника, както и някои специфични стоки. Както и да го смяташе, щетата беше поне няколко хиляди лева. За щастие имаха поне застраховка, но докато мине процедурата и получат плащането, щеше да им бъде доста трудно. Отделно, тъкмо бяха хвърлили доста пари в реклама. Клиентите идваха и търсеха, а част от нещата бяха единични бройки или ги бяха взели всички, което означаваше, че трябваше непременно да намерят пари, за да попълнят липсите...

Двете работиха на пълни обороти цял ден. Малко след обяд успяха да отворят магазина за клиенти и се заеха веднага да правят поръчки за стоките извън наличност. Беше станало пет, когато Лили се сети, че още нито е звъннала, нито е писала в чата на Андон за случилото се. Сега, след като вече нещата си бяха дошли обратно по местата, усети как започна да я завладява ужасът от неприятната случка. Сякаш не толкова чистата загуба на пари я притесняваше, колкото отвратителната мисъл колко е уязвима всъщност, как някой е пипал нейните неща. Имаше нужда сега да се сгуши в някого и да се наплаче. Взе телефона да звънне на Дони и в същия момент той звънна в ръцете ѝ. Брат ѝ. Съвсем го беше забравила.

- Павка, много съжалявам, че не ти звъннах по-рано днес! Беше някакъв кошмарен ден! - тя му разказа набързо за случилото се. Докато разказваше обаче, започна да усеща как думите ѝ присядат. Сякаш нарочно си беше измислила случка, за да не може да отговори на молбата му. Павел я успокои, че не се сърди, но затваряйки телефона, Лили беше съвсем готова да ревне.

Побърза да се обади на Дони, преди да се е разкиснала съвсем.

- О, миличко, какъв ужас! - Андон звучеше истински потресен. - Защо не ми се обади веднага?

- Имахме толкова неща за подреждане... цял ден връщахме нещата по местата им и смятахме, имаме и още много неща за смятане, дори не успях да вляза онлайн и да ти пиша. Ще се видим ли тази вечер?

- Забравих да ти кажа, че имам едно пътуване до Пловдив. Даже вече пътувам натам. О, толкова съжалявам, че не съм до теб сега. Но няма как да се върна преди утре... Ще се справиш ли самичка?

- О, разбира се, не се притеснявай. Карай внимателно – Лили обаче се срина на стола. Обзе я огромно разочарование. Поговориха още малко незначителни неща и затвори.

- Къде се е запилял пак твоят хубавец? - попита Маша, явно дочула част от разговора. - Нали е много влюбен, защо не го викна веднага да дойде и да даде едно рамо, вече щяхме да сме приключили.

- Не знам... каза, че имал някаква спешна работа в Пловдив.

- Че каква спешна работа може да има в Пловдив? Той нали работи в един от цеховете на завода?

- Шеф смяна е, да. Е, сигурно не е свързано с работата му. Не знам, не го попитах.

- Не ми харесва този човек – отсече Маша.

- На теб днес никой не ти харесва – опита се да се усмихне Лили.

- Не бих имала против, ако Мосю льо Пиер дойде ей сега на вратата и ме покани на вечеря – усмихна се Маша. - Той обаче е непробиваем. Не знам толкова ли съм му неприятна, или има някаква жестока драма в миналото си, но е направо кауза пердута.

Лили замръзна на мястото си. Цял ден не бе останало време да сподели с Маша за неочакваната среща от предната вечер. И сега не знаеше какви думи да подбере. Маша продължи да говори:

- Знаеш, че успях да го накарам веднъж да излезем на кафе, но беше като камък тогава. Учтив, любезен, но изобщо не ме допусна до себе си. А от тогава започна да се държи дори грубо на моменти, май умишлено ме реже. Е, не е единственият мъж на света. Хубав е, не може да му се отрече. Фигурата му е перфектна, висок и як, но само мускули. Повечето мъже на трийсет и пет като него вече са заформили сериозни коремчета, някои са и доста оплешивели. Докато той е като древногръцка статуя - Маша придоби замечтан вид. - И най-важното, свободен е. Май е имал някаква жена във Франция – не разбрах разведен ли е или просто са живели заедно и са се разделили, но във всеки случай тя вече не играе роля в живота му.

- Мислиш ли, че си влюбена в него? - внимателно попита Лили.

- Влюбена? - засмя се Маша. - Абе Лили, ти все едно падаш от Марс. Готин е, не бих отказала една или няколко нощи с него, ама кой ти говори за любов?

Сама не знаеше защо, но изпита истинско облекчение от този отговор.

На следващия ден очакваха няколко нови доставки. Лили усети, че поглежда с нетърпение през прозореца дали ще види буса на Камен. Обикновено Маша се занимаваше с приемането на стоката и най-често шофьорите дори не влизаха в магазина. Чудеше се дали срещата им от преди няколко вечери изискваше тя да излезе и да го поздрави? Дали той щеше да влезе да я поздрави?

"Вече се прибрах, миличко" изпиука месинджъра на телефона ѝ. Тя гузно го сграбчи, сякаш да се отърве от необичайните си мисли.

"Радвам се, как си, всичко наред ли беше?"

"Да. Искам да те видя. Довечера ще дойдеш ли в кафето?"

Лили изпита някакво негодувание отново. Хем иска да я види, хем отново тя трябваше да бъде просто част от пейзажа. Щяха да си говорят техните си неща с неговите приятели, а тя да се мъчи да намери обща тема с тях. Той сякаш нямаше желание да излезе само с нея.

"Не можем ли да отидем на кино?" проба се тя.

"Тази вечер съм се разбрал с един приятел да мине, има да ми остави едни пари. Може да отидем, но нека да е друга вечер", беше отговорът му. Познат до болка. Неведнъж го беше получавала.

"Хайде ще се разберем довечера", писа му тя и затвори месинджъра.

Приглади роклята си с ръце надолу. Дланите ѝ бяха влажни. Малко съжаляваше, че днес беше взела решение да се облече в красивата, но неудобна рокля, която изискваше и високи обувки. Дрехата ограничаваше движенията ѝ, а мъжете клиенти като че ли се заглеждаха повече в краката ѝ, отколкото в стоката, от която се интересуваха.

Докато се опитваше да контролира емоциите си, забеляза познатия бус да завива зад ъгъла. Сърцето ѝ се разтупта. Сигурно още ме е яд на Дони, каза си тя. Подвикна на Маша да излезе да посрещне стоката и застана до прозореца. Вратата се отвори. Човекът, който излезе от там, обаче определено не беше Камен. Беше малко по-пълен и по-нисък и поне десетина години по-възрастен. Лили ги наблюдаваше как местят кашони и попълват протоколи с Маша. Къде ли беше Камен? Огледа се, нямаше никой в магазина, който да има намерение да отива към касата. Бързо взе решение и изскочи пред магазина.

- Маша, можеш ли да видиш какъв е проблемът с радиорекламата? Денис звънна, но аз му казах, че ти ще му се обадиш, защото по-добре знаеш какво сте се уговаряли. - Денис наистина беше звъннал, но поне преди половин час. - Аз ще довърша каквото е необходимо тук.

Маша изненадано се изправи над кашона, чието съдържание преглеждаше и я изгледа изпитателно. Какви ли ги мислеше сега Лили? Що за внезапно решение тя да се занимава с приемането на стоката? В този момент се отвори и другата врата на буса и от там излезе човек, чието присъствие до момента не бяха забелязали.

- Здравейте, момичета – поздрави Камен и вдигна тъмните очила, които носеше. Този път беше облечен с панталон и риза и имаше съвсем различен вид от момчето за разнасяне на стоки, което познаваха. - Разбрах, че е имало инцидент при вас онази вечер.

Лили и Маша се спогледаха.

- Да, за съжаление ние се оказахме поредния обект – каза Маша с театрална въздишка.

- Големи ли са липсите? Какво каза полицията? - той изглеждаше истински загрижен.

- Какво може да каже полицията – че не могат нищо да направят, разбира се – разочарование и яд звучаха в гласа на Маша. - Липсите не са малки, но можеше да бъде и доста по-зле.

- Има ли нещо, с което да мога да ви бъда от полза? - погледът му се спря на Лили, която само го гледаше и не смееше да отвори уста. Изискваше отговор.

- Не, мисля, че не. Благодаря Ви. Благодаря ти – поправи се тя объркано.

- Стока ли са откраднали или пари? - Камен пристъпи леко към нея и тя изпита странното усещане, че потъва в дълбоката им синева, а Маша и шофьорът избледняват и изчезват в нереалността.

- Парите са незначителна сума. Взели са предимно техника и дребни, но скъпи аксесоари - Лили сякаш започна да губи почва под краката си и се облегна на парапета зад нея.

- Мислили ли сте да ги проследите? - очите му неволно отскочиха към дългите ѝ изваяни крака, които роклята не скриваше.

- Да ги проследим? - повтори като ехо тя, замаяна от внезапния му интерес.

- Да свършите работата на полицията – обади се шофьорът и напомни за съществуването си. - Да прецените къде биха могли те на свой ред да ги пласират – в заложни къщи, през интернет, през "улични търговци"... и да се направите на клиенти?

- Аз си мисля, че имат връзка с фирмата, която осигурява СОТ – намеси се и Маша. - Беше глупаво от наша страна, но се бяхме улисали в други неща и за няколко дни се забавихме и забравихме да подновим договора си. Кражбата стана точно в тези дни.

- Напълно възможно е – Камен с неохота откъсна поглед от Лили и се обърна към нея. - Но ви препоръчвам сега да се оглеждате и ослушвате особено внимателно. Вашите продукти са много специфични и на тях им трябват вашите клиенти, за да ги пласират и да вземат парите. Ако можем да бъдем полезни с нещо, можете да разчитате на нас.

Очите му се върнаха върху Лили и я пронизаха. Тя сграбчи парапета, до който стоеше. Надяваше се, че не се е изчервила. Кимна и му благодари.

- Готови ли сте с протоколите? - обърна се той към Маша и шофьора. Тонът му беше нетърпелив и не търпящ възражения. - Мартине, внеси кашоните, моля те, да не оставяме дамите да си чупят маникюра.

Шофьорът бързо изпълни разпореждането. Размениха още няколко реплики и двамата мъже се качиха в буса и потеглиха. Маша остана да гледа след тях с отворена уста.

- Лили, какво става тук?

- Хайде да влизаме вътре, няма никой на касата - разбърза се изведнъж Лили.

- Влизаме, разбира се, но Лили, не забеляза ли нищо?! - Маша я последва навътре, като не спираше да бърбори превъзбудено. - Аз съм просто изумена. Мосю льо Пиер изглеждаше като корица от списание! Изобщо не приличаше на прост шофьор. А старият шофьор само дето не му целуваше обувките. Той май ще излезе някакъв шеф, ще видиш. И този разговор! Толкова време ме режеше и ме пращаше сама да разнасям товарите, а сега дори излезе от колата специално, за да говори с нас.

- Даде наистина ценни съвети – Лили не смееше да коментира останалата част от бръътвежите ѝ. - Беше мило от негова страна.

- Мило било! – засмя се Маша. - Няма да му се размине! Още довечера ще му се обадя. Сега тъкмо имаме и повод, обещал ни е съдействие.

Лили не можеше да разбере защо тези думи я пронизаха като с нож. Или не искаше.

ЧЕТВЪРТА ГЛАВА

На масата беше почти замъглено от цигарен дим, който я задушаваше. Въпреки че седяха в градината на заведението, вечерта беше гореща и нямаше никакъв полъх на вятъра. Шестте едновременно димящи цигари сякаш насочваха пушека си право в нея. Слушаше с половин ухо разговора, който се водеше край нея.

- ... в Пловдив рибата кълве по-добре. Мисля да се вдигнем скоро пак на риболов, трябва само добро захранване с хубава стръв... - единият от приятелите на Дони изпадна в неприятен, почти истеричен смях.

- Друг път ще обсъждаме риболова – прекъсна го Андон с метални нотки. - Знаете ли, днес отивам да си плащам телефона. Влизам, а вътре само едно момиче... - и той започна да разказва някаква тривиална случка, която приятелите му намериха за особено забавна, а Лили не успя дори да се усмихне.

Какво правя тук, запита се тя. Нещо се беше случило с нея след онази вечер на хълма. Защо изведнъж беше станала недоволна от живота, който водеше? Но не можеше да си криви душата – в тази компания определено ѝ беше неприятно и стоеше там само заради Андон. Беше и особено нервна тази вечер, защото вече доста време отлагаше ходенето у тях и той започваше да се ядосва. Време беше да отиде. Искаше ѝ се вече да тръгват, да правят каквото ще правят и после да се прибере вкъщи... Лили, стегни се! Нали обичаш Дони? Нали искаш да бъдеш с него? Неприятностите покрай обира и дългото време без близост са те отдалечили от него, всичко ще бъде наред, веднъж да останете само двамата.

Вечерта минаваше, минутите се точеха бавно, а Андон сякаш нямаше никакво намерение да тръгват. Тя се опита да завърже разговор с едно от момичетата, които негов приятел беше довел, но то изглежда не знаеше други думи, освен "да" и "не". Не ѝ се пише нищо, въртеше се нервно на стола си, а Дони обръщаше водка след водка.

- Ето го моето прекрасно момиче! - той толкова рязко преметна ръка през раменете ѝ, че тя подскочи цялата. Придърпа я към себе си и пръстите му достигнаха гърдата ѝ. - Е, в гърдите не е така надарена като Стаси, но пак е секси.

Лили се опита да се извърти така, че да отмести ръката му. Той я стисна грубо, дори я заболя. Но още повече я заболя от неуместното сравнение и от грозния смях на четиримата мъже на масата.

- Дони, хайде да тръгваме, изморена съм вече – тихо му каза тя, като внимателно опря длан на гърдите му.

- Ти ли ще ми кажеш какво да правя, ма? Свиня!

Ужасът пропълзя из цялото ѝ тяло. О, не, отново същият филм! Андон отново се беше напил и отново щеше да се прави на мъж пред светата си компания. Призова на помощ цялото си самообладание и направи последен опит.

- Дони, мисля, че е време да тръгваме - леко погали ръката му.

- Мога да правя с теб каквото си поискам – той със сила я издърпа в скута си, хвана я с две ръце за кръста и я повдигна няколко пъти нагоре-надолу в неприлично движение.

Всички останали се заливаха от смях.

Лили стоеше в унизителната поза, стисната като в менгеме от дланите му и най-накрая осъзна. Това беше краят! Нямаше място в тази компания, нямаше работа с този човек! Беше се справила с толкова предизвикателства в живота си, а сега се оставяше да бъде мачкана от един алкохолик! Това нямаше да продължи!

Осъзна обаче също така, че се намира в сериозно положение. Трябваше да действа внимателно, за да се измъкне. Преди всичко, трябваше да успее да го убеди да я пусне, защото нямаше шанс да се измъкне сама от силната му хватка. Насила се разсмя, сякаш и тя намираше ситуацията за особено забавна и се обърна да обгърне лицето му с ръце. Той я посрещна с мокра, лигава и изискваща целувка, но отпусна леко захвата си.

С бързо движение Лили се изскубна, грабна чантата си и измърмори:

- Трябва да отида до тоалетната!

Това предизвика нов залп от смях в компанията. Тя бързо се вмъкна вътре в заведението и почти се затича към тоалетната. Почти я беше стигнала, когато се сети, че нямаше какво да прави там. Трескаво огледа масите и хората, които седяха по тях с вечерните си питиета. Трябваше по-бързо да излезе и да се прибере незабелязано вкъщи. Тръгна забързано обратно през заведението. За нещастие, единственият път към изхода водеше само обратно през градината. Масата им беше в единия ъгъл – само трябваше да застане на по-скрито място и да избере момента, в който не гледаха в нейната посока, за да притича краткото разстояние. С Андон щеше да се разправя по-късно, на трезва глава.

Моментът дойде. Някой каза отново нещо, което всички намериха за безумно смешно и се запревиваха от смях. Лили с бърза крачка се стрелна от входа на градината към външната врата. Как ѝ се искаше да беше излязла с колата! Сега трябваше да върви пеш през тъмните улици на града.

Чу някакъв вик, по-скоро рев зад себе си и се затича. Трябваше бързо да намери такси, или да се скрие някъде. Главната улица, на която излизаше, обаче беше пешеходна. До такситата имаше известно разстояние. За нейно нещастие беше и добре осветена. Неудобните обувки ѝ пречеха да тича бързо.

- Лилийо! - чу зад себе си дебелият глас на Андон. Беше я видял!

Лили не се обърна, забърза още повече и сви в първата по-тъмна уличка, с надеждата да намери място, на което да се скрие от него.

- Свиньо, спри веднага, майка ти ще... - Андон се спъна в нещо и това прекъсна ругатнята му, но провокира нов залп от нецензурни думи.

Лили огледа бързо уличката. Нямаше къде да се скрие, освен зад едно дърво. Прилепи се плътно зад стъблото му и започна да се моли пияната му глава да не се сети къде да я търси. Не го виждаше, само чуваше псувните му. Всъщност, цялата главна улица кънтеше от тях.

- Ще те намеря, мамичката ти, няма да ми се измъкнеш. Знам, че си тук! Ще ти разпоря...

Гласът му звучеше съвсем близо. Сърцето ѝ щеше да изскочи от гърдите ѝ. Може би трябваше да се обади на полицията. Но ако извадеше телефона и заговореше, той щеше да я чуе къде е. За пръв път изпитваше истински страх от него. Внезапно чу друг познат дълбок глас.

- Какво си се развикал, приятел?

- Скри се кучката...

- Хайде, ако обичаш, да замълчиш и да се прибереш вкъщи, преди да съм извикал ченгетата. Патрулката е ей там – той използваше учтиви думи, но тонът му беше стоманен.

- Ооо, теб те знам! Ти ли ще ми кажеш... - започна Андон, но изглежда получи удар, защото репликата му беше прекъсната.

- Предупредих те. Изчезни сега от тук, веднага.

Лили чу сумтене и тътрещи се стъпки. Дали Андон се беше отказал? Трепереше като лист и дишаше накъсано. Краката не я държаха и се свлече по стъблото. Остана там приклекнала и облегната на ствола. Грапавата повърхност ожули гърба й, но тя почти не го усети. Притвори очи. Светът се въртеше около нея, сърцето й блъскаше бясно в гърдите. Сега, когато опасността беше преминала, шокът я удряше с пълна сила.

Камен огледа тъмната улица. Видя само една котка, която бързо прескочи през оградата на първата къща и прекоси улицата.

- Лили? - тихо я извика някой. - Лили, къде си?

- Тук съм - гласът й сякаш извираше от някъде далеч и й костваше усилие да го извади. Тя се опита да се изправи, но мускулите й изобщо не се подчиниха.

Камен се ориентира по посока на звука и заобиколи дървото. Видя я, приседнала долу, и сърцето му се сви. Косата й беше разрошена, чантичката - хвърлена в краката й, разтворена. Беше се свила, обгърнала колене с ръце и подпряна брадичка върху тях. Белите й панталон и блуза бяха изцапани.

- Това мръсно копеле! - процеди през зъби Камен. Кръвта му кипна. - Не трябваше да го пускам безнаказано! Ела! Можеш ли да станеш?

Той протегна ръка към нея. Тя бавно изправи своята и я пое. Топлината му сякаш възпламени вкочанените й пръсти. Изправи я с лекота. Краката й още трепереха и тя сграбчи здраво дланта му, изплашена да не се свлече отново, ако я пусне. Ръката му беше силна и стабилна и тя се почувства защитена.

- Какво ти направи?! - той хвана рамото й с другата си ръка, обърна я към себе си и я накара да го погледне в очите. Трескаво я оглеждаше. - Нарани ли те?

- Не, не успя - тихо простена тя. - Поне не физически - тя сбито му разказа какво се е случило. - Аз съм си виновна. Не трябваше да го дразня като знам, че е пил…

- Ти си виновна?! - избухна Камен. - Момиче, стига глупости! Каквото и да си правила, нищо не може да оправдае това, което видях. Не искам и да чувам…

Лили усети как сълзи започват да се стичат от очите й. Опита се да стисне зъби и да ги спре, но не й се получи. Колкото повече се мъчеше да се овладее, толкова по-силно тръгваха.

- О, по дяволите! Ела тук!

Ръцете му я привлякоха в голяма и топла прегръдка. Тя се сгуши в него, отпусна глава на широките му гърди и се остави на риданията.

- Спокойно, всичко свърши! - той галеше нежно гърба и косата ѝ. - Няма страшно, аз съм до теб. Няма да те оставя сама.

Камен ѝ говореше тихо и успокоително и сам усещаше колко е развълнуван. Гладките ѝ коси сякаш прекарваха електричество през пръстите му, а от аромата ѝ главата му почваше да се върти. Не беше предвидил да се случва така. Признаваше, че Лили беше привлякла вниманието му още от първата им среща, дори още от първия им телефонен разговор. Беше красиво момиче, с одухотворено излъчване. Изглеждаше независима, но в нея прозираше голяма уязвимост. Беше се зарекъл, че няма да влиза в близки отношения с жени докато сам не е решил какво ще прави с живота си. Но тя така доверчиво се беше сгушила в прегръдките му, че той не можеше да остане безразличен. Само като си помислеше за онзи глупак - приятелят ѝ - и усещаше как всеки момент ще му падне пердето и ще се върне обратно след него, за да го смели от бой.

- Хайде, нека седнем за малко на една пейка - той внимателно я отдели от себе си, за да види дали се е успокоила.

- Не! - подскочи уплашено Лили. - Не искам да сядам на главната улица.

- Няма да сядаме на главната. Ела, ще отидем на пейките зад църквата. Можеш ли да повървиш няколко метра?

- Само да си взема чантата...

Чантата лежеше разтворена върху земята, сякаш запазила спомена за преживяното унижение. Лили преглътна мъчително, наведе се да я вземе и бавно тръгна. Камен я прихвана леко през кръста, за да я подкрепя. Малко по малко тя започваше да идва на себе си, а с осъзнаването започнаха да се прокрадват и други усещания. Пръстите му едва-едва я докосваха, а сякаш я изгаряха. Вървеше твърде близо до него, изведнъж започна силно да усеща топлината му, аромата му, движенията му...

Стигнаха бързо до малката градинка зад църквата. Там имаше няколко закътани пейки, на които обикновено влюбени двойки търсеха усамотение. Имаше само една двойка тийнейджъри, които станаха още щом ги видяха да приближават. Камен я сложи да седне внимателно, сякаш беше порцеланова кукла.

- Вече съм добре. Малко бях шокирана. Извинявай за причиненото неудобство - тя леко се опита да се измъкне, но ръцете му сякаш нямаха намерение да се оттеглят от раменете ѝ.

- Само като си помисля... - той поклати глава и стисна зъби. - Колкото беше пиян и колкото беше набрал, не ми се мисли какво щеше да ти направи, ако те беше настигнал...

- Едва ли нещо кой знае колко страшно - като гледаше колко е разгневен, Лили се почувства длъжна да го успокои.

- Защо тогава бягаше и се криеше от него?

- Ами... държеше се грубо. - Лили пак потръпна при спомена. - Не му се случва за пръв път. Когато прекали с алкохола, става трудно контролируем и започва много да обижда. Мисля, че не го осъзнава. Винаги след това съжалява много, но явно има лошо пиянство...

- Господи! Ти си склонна да го защитаваш! Този идиот имаше намерение да те изнасили или поне да те пребие от бой по средата на главната улица! Видях те още когато тичаше, а той се тътреше вманиачено след теб. Бях малко по-далеч и докато стигна до вас, ти вече беше успяла да свиеш в уличката. Видях с очите си ситуацията. Толкова ли сляпо си влюбена, че не можеш да го осъзнаеш?

- Аз ...

Лили спря объркано. Да е влюбена в Андон? Не, положително не е, осъзна тя. Вече и силно се съмняваше изобщо някога да е била. Камен изтълкува обаче погрешно колебанието й. Рязко завъртя глава в обратната посока и изсумтя. Потри с пръсти брадичката си и нервно потропа с крак.

- Жените наистина не знаете какво искате...

- Не, не, аз наистина съм ти безкрайно благодарна за това, което направи за мен! - Лили се протегна и инстинктивно докосна раменете му. - Вече бях изгубила надежда, че ще се измъкна. Две крачки го деляха от мен. Сама се подредих в тази нелепа ситуация, неудобно ми е, че забърках и теб.

- Престани, не искам повече да чувам, че ти имаш вина за случилото се!

Все още ядосан, той я сграбчи и я разтърси за раменете. Взря се в обърканите й очи и прочете собствените си объркани емоции там. Искаше отново да усети нежното й тяло до себе си, да я прегърне и защити... Сам не разбра кога я привлече към себе си.

Този път прегръдката му беше различна. Ръцете му я обгърнаха и тя се приближи към него, но вдигна глава, за да срещне очите му. Изглеждаха огромни и потъмнели. Стомахът й се преобърна в рязка тръпка.

- Извинявай, нямах право да ти се карам - измънка той и устните му покриха нейните в опияняваща, нежна целувка.

Лили отново изпита усещането, че изпада в безтегловност, че се отнася в друго измерение и пространство. Той я целуваше нежно и внимателно, сякаш я опитваше и се наслаждаваше на всяка глътка.

Ръцете ѝ се обвиха около врата му и тя на свой ред го привлече по-близо до себе си. Имаше нужда да бъде все по-близо и по-близо, да се слее с него… Сама не знаеше как и кога целувката от нежна, приятелска и успокоителна започна да става все по-страстна. Той се откъсна от устните ѝ и обсипа цялото ѝ лице и шия с целувки. Ръцете му шареха по цялото ѝ тяло. Тя изстена и го целуна по брадичка, по челото, захапа ухото му. Пръстите ѝ изследваха мускулестите рамене и ръце, смъкнаха се по гърдите му. Ризата му ѝ пречеше. Изпитваше огромна нужда да се докосне до голата му кожа. Ръцете му се бяха смъкнали до бедрата ѝ и ненаситно я придърпваха все по-близо. Пръстите му се опитваха да достигнат топлата кожа на гърба под колана на панталона ѝ.

- Лили… - гласът му беше нисък и дрезгав. - Нямах…. намерение… да става така… - прекъсваше думите си с целувка, сякаш времето, нужно да ги произнесе, бе твърде дълго, за да стои далеч от устните ѝ.

- Нито пък аз … - тя също не можеше да се откъсне от него.

Прегръщаше го, изследваше го, целуваше го. Намери начин да измъкне ризата му от колана, за да достигне до кожата му. Не знаеше какво се случва с нея, но беше сигурна, че никога досега не ѝ се беше случвало така неистово да желае някого.

Бяха изпаднали в пълна забрава за това кои са, къде са, защо са там. Останал беше само един свят на вълшебство и копнеж. Целувките се преливаха една в друга, въздишките и стоновете им се сливаха, времето летеше, а все не им стигаше.

- Ей, ще ме подлудиш - Камен се отдръпна леко назад, дишайки дълбоко. - Сигурно от поне петнайсет години не ми се е случвало да съм на една пейка и да… - той тръсна глава. - Да отидем в нас? - в гласа му долови леко колебание.

Цялото ѝ тяло тръпнеше от желание, съзнанието ѝ беше така омагьосано, че сигурно, ако ѝ предложеше да излязат на главната да правят секс, пак би се съгласила. Малко по малко обаче умът ѝ се прозняваше. Какво правеше? Преди няма и половин час беше избягала от един мъж, само за да се хвърли в прегръдките на друг, когото почти не познаваше?

- Камене, аз… извинявай, малко съм объркана. Признавам, че се увлякох, но не мисля, че е най-добрата идея.

- Права си, не е добра идея - той се съгласи толкова бързо, че тя усети тръпка на разочарование. - Май твоят приятел ни създаде малко повече емоции и се поддадохме, преди да се усетим.

- Сигурно така стана... - Лили се отдръпна назад и изпъна блузката си.

- Сама ли живееш? - на свой ред Камен започна да подпъхва краищата на ризата си в панталоните. Не искаше да издаде нервността си. Оставаше и сега да трябва да я прати обратно при онова копеле...

- Д-да, защо?

- Има ли опасност онзи кретен да дойде и да те притесни?

- Не, не мисля. Беше вече толкова пиян, че сигурно отдавна е заспал. Освен това няма ключ за вкъщи, така че не вярвам да има проблем - проблемите с Андон така се бяха отдалечили от съзнанието ѝ, че чак не ѝ се вярваше, че така беше започнала вечерта. - Само, ако мога да те помоля...- тя се смути - да ме изпратиш до вкъщи? Тръгнах без кола, а вече стана късно и не ми се върви сама пеш през половината град...

- Разбира се, че ще те изпратя - Камен я погледна особено. - Колата ми е паркирана от другата страна на главната улица. Ще вървим ли?

Лили неохотно се изправи. Тръгнаха един до друг, без да се докосват и без да говорят. Магията от преди малко беше изчезнала. Той се беше отдалечил и вглъбил в себе си. Само му даде напътствия накъде да кара, за да стигне дома ѝ. Той настоя да се качи с нея до вратата на апартамента, за да се увери, че всичко е наред, но категорично отказа колебливата ѝ покана да влезе. Направи знак за въздушна целувка и се смъкна бързо надолу по стълбите.

Лили затвори вратата и се облегна от вътрешната страна. Каква невероятна вечер! Нямаше сили повече да мисли сега... трябваше ѝ един хубав сън. Утрото е по-мъдро от вечерта.

ПЕТА ГЛАВА

С утрото обаче дойдоха и мислите. За своя изненада беше успяла да поспи, макар и кратко. Набързо си направи едно кафе и потегли към магазина. Какво щеше да прави сега? В един момент на устните ѝ се въртеше глупашка усмивка, в следващия я връхлиташе разочарование. Опитваше се да се съсредоточи, но в ума ѝ веднага се връщаше усещането за силните му ръце, за настойчивите му устни, изникваха сините му очи, волевата брадичка, красивия овал на лицето му… Не, това беше безсмислено! Той недвусмислено беше показал, че за него случилото се не значи нищо и че съжалява, че се е поддал на емоциите.

- О, май Дони не те е оставил да спиш много снощи? - посрещна я с възклицание Маша. - Имаш доста големи тъмни кръгове под очите, но и щастлив, унесен вид.

- Ох, не питай - Лили се поколеба какво и как да ѝ разкаже. - Беше много драматична вечер.

- Защо? - очите на Маша блеснаха от любопитство. - Да не ти е предложил брак?

- Брак ли? Не, слава богу - Лили остави чантата си на бюрото и пое дълбоко въздух. - Край на историята с него. Трябваше да го направя отдавна. Но снощи прекали. Напи се пак и започна да се държи грубо, но този път тотално прекали. - Тя отново потръпна при спомена. Но въпреки че Маша ѝ беше добра приятелка, не можеше да ѝ сподели всичко. - Не искаше да ме пусне да си тръгна, последва ме по улицата и знаеш ли кого срещнахме там?

- Кого? - учудено попита Маша.

- Твоят Мосю льо Пиер - пресилено се засмя Лили. - Той видя, че се опитвам да се измъкна от Андон и го спря. После ме изпрати до вкъщи.

- О? Изпратил те е и до вкъщи? Брей, сякаш не става въпрос за същия човек! - за огромно облекчение на Лили, Маша прие съвсем безстрастно новината. А и така представено, наистина не звучеше като нещо кой знае какво. - Аз снощи му звъннах, но пак ударих на камък. Предложи си помощта, но искаше да организираме среща всички заедно в неговия офис. За вечерта беше категоричен, че не е свободен. И явно не ме е излъгал, щом се е оказал по това време по центъра.

- Не знам, не съм го питала какво е правил там.

- Не залагай особени надежди на него - Маша беше във вихъра си. - И мен ме изпрати един път, но това беше. Ще си излизате, ще си пиете кафето и нищо. После може да те изпраща, да ти отвори вратата на колата и толкова. Чак се чудя дали всичко му е наред на този човек!

Лили не би класифицирала като "нищо" страстните моменти от предната вечер. Но Маша сякаш беше права за всичко останало...

- Ами Андон? Как се разделихте? Ти какво му каза и той как реагира?

- Ами всъщност… той беше твърде пиян, за да може да води смислен разговор…

- Аха, значи да го очаквам с букетите и подаръците отново. Край, ама друг път, пак ще се размекнеш - заключи бързо Маша. - Абе знаеш ли какво чух? Старият Великов щял да се оттегля от поста си и да оставя империята на сина си.

- Кой Великов? - смръщи вежди Лили. Умореният ѝ мозък не можеше да реагира на такава бърза смяна на темите.

- Георги Великов, собственикът на завода за каучукови изделия и на "Ню Уей Дистрибюшън". Един възпълничък и вече застаряващ, носи се винаги с костюми и постоянно дими с някакви пури, не може да не го знаеш.

- Е, знам го, разбира се. Не знаех, че е собственик и на "Ню Уей". Там съм си говорила само с онази жена, с която сключихме договора и със шофьорите на камионите. Даже си мислех, че тя е шефът.

- О, те са голяма фирма, имат дистрибуция в цялата страна, тази отговаря само за нашия район. Та старият Великов нещо го бил закъсал със здравето и привикал сина си. Той живеел някъде по чужбина, как го е убедил да се върне не знам. Смятат, че щял да му оставя бизнеса.

- Да правят каквото си искат - Лили не разбираше защо Маша я занимаваше с плановете на някой си. Вярно, че беше една от големите и познатите на всички личности в града, но здравословните му проблеми определено не я вълнуваха. - Стига синът му да не пипа договора ни. Пък дори и да го пипне, все ще се оправим и без "Ню Уей".

Камен вървеше сред машините и се опитваше да следи внимателно обясненията на началник-смяната за това коя машина за какво служи, как работи и каква производителност има. Умът му беше много неуслужлив тази сутрин. Мислите му постоянно скачаха към предната вечер и към двете изплашени очи, които имаха нужда от неговата защита, към протегнатите към него жадни ръце... Беше сбъркал, че се беше поддал на изкушението. Неудовлетвореното желание още гореше в жилите му. Сякаш можеше да усети нежното ѝ тяло да се докосва до неговото, устните ѝ доверчиво да се притискат към неговите... Май идеята с въздържанието, което си беше наложил в последните месеци, не беше особено добра. Когато се разделиха с Вивиан и се прибра в България, това му се стори най-разумното. Беше се отвратил от това тя да не знае какво иска от себе си и от собствения си живот, а да поставя връзката им в зависимост. Години наред се беше съобразявал с безумните, противоречащи си идеи, които ѝ хрумваха. Сега, когато самият той не беше наясно какво ще прави с живота си - къде ще живее и с какво ще се занимава - беше напълно убеден, че не може да кара друг човек да съобразява живота си с неговите приумици. За по-сигурно беше решил да отбягва всякакви близки контакти с жени. Резултатът обаче беше налице - тялото си искаше своето. Няколко целувки го бяха подлудили до степен да стане неработоспособен.

- Тук има достатъчно специалисти по всички машини, едва ли някога би Ви се наложило да разрешавате сам проблем - говореше началник смяната. - Господин Великов-старши направи пълна подмяна на всички амортизирани машини преди три години, така че настоящите дори са още в гаранция.

Когато на Коледната трапеза баща му довери, че не е добре със здравето и отправи предложението към него да се върне в България и да поеме бизнеса, първата му реакция беше да откаже. Та той имаше собствен живот, цели и мечти, които не можеше току-така да преобърне. Вярно е, че баща му го беше насочил към образованието, благодарение на неговите насоки и пари беше завършил университет в Лондон, а по-късно пак благодарение на неговите познанства започна работа в английски завод за каучукови изделия. От там нататък обаче сам започна да управлява живота си.

Беше живял в няколко европейски държави и работил различни длъжности в областта. Най-дълго се задържа във Франция, където и заживя с Вивиан.

Вивиан беше красива, ексцентрична, изпълнена с живот и ентусиазъм. Но беше ужасно непостоянна. Един ден искаше да бъде еманципирана работеща жена, отдадена на кариерата си; в следващия момент искаше да се занимава с благотворителност и да обикаля африкански държави; после и това ѝ омръзваше и искаше да бъде домакиня, която да се грижи само за съпруга си; после... чак не искаше да си спомня. Той покорно се съгласяваше с нея, докато в един момент не усети, че вече е изчерпан. Тази жизненост, която витаеше около нея и която така го бе запленила в началото, вече го беше изморила. Последната идея на Вивиан беше да продадат градските имоти, да купят ферма в Южна Франция и да се преориентират към земеделие и животновъдство. Камен към този момент беше заместник-директор в маркетинг отдела на една от големите фирми в бранша. Бореше се по йерархията и беше хвърлил невероятно много усилия, за да стигне до там. За пръв път намери сили да откаже да подкрепи идеята ѝ. Последва голяма драма. Вивиан го обвини в предателство, заплаши, че ще се самоубие и накрая му заяви, че той е чужденец и че никога няма да бъде на нейното ниво. И така, само две седмици след Коледа той се обади на баща си и му каза, че е съгласен да опита - да се прибере и да се запознае с бизнеса, за да може да го поеме. Решението му определено беше прибързано и емоционално, но сега не съжаляваше за него. Вивиан беше права, че винаги щеше да си остане чужденец и колкото и усилия да полага в кариерното развитие, възможностите му щяха да бъдат ограничени. Връщайки се в България, стъпваше директно на най-високото ниво. Беше създал и много добри контакти в европейските държави, беше събрал и доста опит - не само като работник, но и като организация и управление на дейността. Имаше доста идеи за това как може да развие пазарите на завода и как да оптимизира производствените процеси. Сам бе настоял да заеме за известно време мястото на всеки от служителите - от работниците в завода до шофьорите на камиони в дистрибуцията - за да може да добие представа за естеството на работата им и проблемите им.

- Мисля, че е това. Ако имате въпроси, насреща съм - началник смяната го погледна в очакване.

- Не, благодаря. Бяхте доста изчерпателен.

Камен стисна ръката му и с енергична стъпка излезе от цеха. Трябваше да отива към офиса, чакаше го доста работа. Баща му, най-вероятно напълно умишлено, си беше взел пълен месец отпуск и беше отишъл на гости на сестра му в Барселона. За пръв път му оставяше изцяло управлението.

Камен седна зад бюрото, включи компютъра и отвори бележника, в който записваше задачите си. Пред очите му пак изникнаха големите бадемови очи, а ръцете му сякаш докоснаха лъскавите коси на Лили. Изкушаваше се да ѝ се обади. Искаше да чуе гласа ѝ… Тръсна упорито глава. Не, нямаше смисъл да се измъчват взаимно.

Телефонът му иззвъня така рязко, че почти подскочи. Беше едно от момчетата от велоклуба, с които се познаваха задочно от форумите.

- Камене, нали те бях помолил да ми провериш какви GPS устройства продават при вас? Обаждам ти се да ти кажа само да не се занимаваш с мен. Намерих си аз. На супер далавера, няма да повярваш.

- Какво намери? - разсеяно запита Камен.

- Онзи ден, тъкмо се събирахме с клуба и мина един с един куфар. Предложи ми Garmin на половин цена, при това чисто нов, даже с опаковка!

Сякаш някаква аларма се включи и присветна в ума му.

- Чисто нов Garmin? Това си е попадение. Какъв беше този, от къде се взе?

- Не знам от къде се взе, но имаше наистина много изгодна техника и резервни части, и други момчета накупиха разни работи. Остави си и телефона, каза, че има доста неща.

- Можеш ли да ми го дадеш? - чувстваше, че е напипал вярна следа. - Имам и аз някои чаркове за подмяна, ако мога да ги взема на далавера, защо не?

Момчето с удоволствие продиктува номера, а Камен трескаво го записа. Ето защо не бързаше да разкрива самоличността си. Сигурен беше, че ако младежът знаеше, че говори с директора на "Великов груп", нямаше да бъде толкова отворен и спокоен. Повечето хора, с които се беше срещнал, откакто се беше върнал в България, го знаеха просто като Камен. Някои като Камен-работника, други като Камен-колоездача, а трети - като Камен-шофьора. Хм, да, трети… Камен въздъхна. Трябваше да се обади на Лили.

Андон я засипваше със съобщения. Месинджърът ѝ не спираше да пиука и така я дразнеше, че тя накрая го изключи. Беше му написала, че за нея всичко е свършено между тях и повече нямаше какво да му каже. Изключи и звука на телефона си, за да не ѝ досажда с постоянните си опити да звъни. За щастие работата ѝ днес беше цял ден в движение и той не можеше да я издебне в магазина. Нямаше да му достави удоволствието да се прибере и вкъщи. Уговори се с една от клиентките си, която ѝ беше и приятелка, да поиграят тенис. Използва да вземе ракетите, които предлагаха в магазина, за да може да ги изпробва лично и да консултира адекватно клиентите си. Стараеше се да не мисли за Камен и за миналата нощ. Точно сега най-малко имаше нужда да се забърква в нова интрига с мъж.

Влезе в съблекалнята задъхана и в добро настроение. Партията тенис ѝ се беше отразила много добре. Свали ластика от косата си и започна да съблича мократа си тениска, когато усети, че цялото ѝ шкафче се тресе от вибрацията на телефона. Преметна лъскавата си коса на едното рамо и се вгледа в екрана. По устните ѝ заигра неволна усмивка.

- Здравей, Камене!

- Само "здравей"? - гласът му звучеше странно и отчуждено.

Усмивката ѝ бързо се смъкна. Хем ѝ се обаждаше, хем сякаш не се радваше да я чуе?

- Ами… здравей, как си?

- Добре съм, благодаря. Всъщност, търсих те, няколко пъти - каза той натъртено. - Какви са плановете ти за тази вечер?

- В момента тъкмо излизам от спортната зала, не знам дали…

Дали беше разумно да излиза с него? Лили беше истински раздвоена. Ако трябваше да бъде съвсем честна със себе си, сърцето ѝ пърхаше от щастие, че се беше обадил. Ако трябваше да продължи с честността обаче, едва ли щеше да му устои твърде дълго, ако продължаваха да се виждат… А влизането в краткотрайни и безперспективни връзки нито ѝ беше на дневен ред, нито ѝ беше по вкуса.

- Виж, не те каня на среща - някак троснато каза той. - Имам си достатъчно друга работа тази вечер. Въпреки това има нещо важно, което искам да обсъдим.

- Да обсъждаме нещо важно?

- Важно за теб и бизнеса ти. За мен е без значение.

Отново беше успял да я смути. Пак се почувства като глупачка. Беше решила, че ще говорят за случилото се предната вечер, а той имал нещо за бизнеса да говори…

- Е? Не разбрах какво ми каза?

- Дай ми един час да отида до вкъщи и да се изкъпя. Къде да те чакам?

- Ще мина да те взема. Точно в девет.

Камен затвори. Лили погледна телефона си. Имаше двайсет и четири пропуснати повиквания. Десет бяха от Андон и четиринайсет от Камен. Защо ли я беше търсил толкова настойчиво?

ШЕСТА ГЛАВА

Защо ли не му каза поне час и половина? Вече беше почти девет, а времето едва ѝ бе стигнало да стигне до вкъщи и да си вземе бърз душ. Стоеше нервно пред разтворения гардероб и се чудеше какво да облече. Беше толкова горещо навън. Май пак щеше да заложи на късата зелена рокля, нямаше време да мисли твърде много. Знаеше, че деколтето ѝ е твърде изрязано, презрамките - твърде тънки, а цепката - твърде висока. Но пък ѝ стоеше добре. Трябваше и да приведе в ред косата си и да сложи малко грим. Искаше да се чувства уверена, нямаше да се остави повече мъж да я разиграва!

Точно в девет червеният „Нисан" на Камен зави зад ъгъла. Лили го мярна през прозореца и побърза да излезе пред кооперацията. Сигурно във Франция беше спестил доста. Колата не беше много скъпа, но се съмняваше да е по силите му да я купи със заплатата си на шофьор. Той не си направи труда да излезе отвън и да ѝ отвори вратата. Само ѝ кимна към седалката. Беше сериозен, изглеждаше дори леко сърдит.

- Не знам дали си вечеряла, но аз лично не съм, така че предлагам да отидем в "Трите бора". Кухнята им е добра, а и не са в центъра на града, където всички зяпат кой къде е седнал.

Явно не искаше да го виждат с нея. Лили стисна устни.

- Аз нямам претенции, нека отидем там, щом ти харесва.

Камен шофираше мълчаливо, толкова съсредоточен в пътя, сякаш караше в силна буря с ниска видимост. Не поглеждаше към нея и не се усмихваше. Маша беше права - определено умееше да "реже". Лили кръстоса крака и сви ръце пред гърдите си. Така да бъде, тя не се натискаше. Мълчанието започваше да става оглушително, а напрежението в колата можеше да бъде разрязано с нож.

- И какво е толкова важно? - не издържа Лили.

- Ще говорим като седнем. Не обичам да говоря, когато съм гладен.

- Забелязвам - хапливо подметна тя. - Да беше хапнал малко преди да се видим?

- Бях зает.

- Зает?

- Да говоря по телефона.

- Аха - кимна Лили.

Само че нищо не разбираше. Защо тя трябваше да отнася кривото му настроение? Защо изобщо беше настоял да се видят, ако щеше да гледа в една точка и да се мръщи цяла вечер?

Заведението беше спокойно и приятно. Избраха една усамотена маса в градината. Над нея се спускаше асма, с надвиснали гроздове. Кълбовидните лампи, с които бяха осеяни парапетите зад тях, хвърляха приглушена светлина върху тази част от заведението. Седнаха един срещу друг и поръчаха. Лили си поръча чаша бяло вино, а Камен само една малка бира с оправданието, че ще трябва да шофира обратно до града.

- Наздраве! - Лили потърси погледа му.

Сините му очи бяха наситени, тъмни и неразгадаеми.

- Наздраве! - той отпи и добави сухо. - Радвам се, че поне си добре.

- Разбира се, че съм добре, защо да не съм? - учуди се Лили.

- Остави - махна с ръка Камен. - Така, по следите съм на твоите мистериозни крадци.

- Какво? - Лили направо подскочи, изправи се над масата и се надвеси към него. - Как така?

- Така. Имам си канали и информатори - подобие на усмивка изплува на устните му. - Не съм сигурен обаче доколко информацията ще ти хареса и до колко ще бъдеш готова да я използваш.

- Какво имаш предвид?

- Добрах се до един човек, който от вчера предлага всичко, което липсва от твоя магазин, на половин цена - сякаш някой я удари в корема и изкара въздуха ѝ. - Асортиментът, разбира се, изчезва с шеметна скорост, така че ако искаме да бъде заловен, трябва да се действа бързо. Базата му е в Пловдив.

Виното ѝ преседна и тя се закашля. Камен продължаваше да говори. Разказа ѝ за обаждането на момчето на велоклуба и за това как се беше обадил сам после на получения телефон и беше получил цялата необходима информация. Лили стоеше вцепенена.

- От тук нататък ти трябва да прецениш дали да информираш полицията и дали да опиташ да направиш постановка, за да бъдат хванати.

- Каква постановка да направя?

- Ако просто полицията отиде и арестува този човек, няма да имат друг избор, освен да го пуснат, защото няма как да докажем, че тези вещи са крадени, още по-малко от твоя магазин - Камен се беше облегнал назад на стола си и я наблюдаваше изпод вежди. Отново беше господар на положението.

- А как мога да го докажа? - звучеше ѝ почти отчайващо. - И как изобщо ще ми обърнат внимание в полицията? Аз така мога да отида и да набедя всеки един човек...

Камен пое дълбоко въздух и каза внимателно:

- Баща ми е добър приятел с шефа на полицията тук. Аз също го познавам. Не обичам много тези неща, но мога да му се обадя - той ще нареди каквото трябва, за да се отнесат към твоя случай с достатъчно внимание.

Лили го погледна изненадано. Стойката му, начинът, по който я гледаше с присвити очи, имаше нещо ново и непознато в него.

- И ти ще направиш това за мен? - устните ѝ бяха пресъхнали и тя ги облиза нервно. - Просто така?

- Щях ли да настоявам да излизаме тази вечер, ако нямаше да го направя?

- Е, да, но... - Лили замълча объркано. Ръцете ѝ се плъзнаха към неговите по масата. - Как мога да ти се отплатя аз?

- Да ми се отплащаш?! - хрумваха му доста начини да му се отплати, но неизменно те включваха спалнята му и нейните разпилени коси по възглавницата му. Той тръсна глава. - Аз не търся услуга насреща, Лили. Понякога хората просто си помагат, дори и без да са близки приятели. Аз може и да не съм най-галантният джентълмен понякога, но не мога да оставя човек в беда. Не и когато имам възможност да му помогна.

- Май съм истинска късметлийка, че все попадам на теб в този не особено късметлийски период в живота ми - въздъхна тихо и сведе поглед Лили. Идваше ѝ да се хвърли на врата му. И ако не беше толкова резервиран, сигурно би отхвърлила всяка предпазливост и би го направила...

- А дали аз съм късметлия, че попадам все на теб? - усмихна се той, а Лили усети как топлината от усмивката стига право до сърцето ѝ. - Да вземем бутилка вино, за късмета? После ще поръчаме такси, а аз ще накарам утре... - той млъкна секунда, преди да е казал, че ще прати някой от шофьорите да прибере колата му, - ще дойда утре с някой приятел да прибера колата...

Заговориха по неутрални теми. Ледът започна да се пропуква, но Лили все още недоумяваше защо той се бе държал толкова дръпнато. Може би това беше неговият начин да афишира, че не желае да задълбочава отношенията им? Не беше ли казала това и Маша?

Виното беше грешка и Камен го знаеше още в момента, в който го поръча. Тя седеше от другата страна на масата и коментираше най-новия кинохит, а единственото, което занимаваше съзнанието му, беше как би могъл да отмести настрани презрамките на роклята ѝ и да захапе сочното ѝ рамо и как би могъл да протегне ръка и да достигне бедрото ѝ през тази дълга цепка. Устните ѝ се мърдаха толкова сладострастно, че едва успяваше да проследи мисълта ѝ, зает с това да наблюдава движението им... Вечерята започваше да се превръща в сладко мъчение и той реши, че трябва да го прекрати.

- Става късно - прозвуча по-рязко, отколкото би искал. - Ще поръчам такси.

- Д-добре - Лили нямаше друг избор, освен да се съгласи. Не можеше да го разбере. В един момент изглеждаше като че ли истински се забавлява и я поглеждаше така сякаш е единствената жена на света, а в другия се държеше като че ли едва можеше да изтърпи компанията ѝ.

Таксито бързо ги доведе до нейния апартамент. Лили очакваше, че Камен ще ѝ махне за довиждане и ще продължи с него, но той плати и слезе заедно с нея.

- Как ще си отидеш до вкъщи? - запита притеснено тя.

- Ако всички таксита в града обявят стачка в този момент, мога и да повървя, не е толкова далеч - половин часова разходка наистина щеше да му дойде добре.

Бързо изкачиха два етажа и стигнаха пред вратата ѝ.

- Няма защо да се притесняваш за мен - Лили пъхна ключа, отключи и светна лампата в коридора. Обърна се към него в готовност да поздрави за лека нощ.

- Разказа ли на твоя приятел за снощи? - Камен се облегна на касата на вратата и се втренчи в нея с присвити очи.

- На кого, на Андон ли? - Лили сепнато се обърна и застана на средата на коридора.

- Днес какво си говорихте?

- Не съм говорила изобщо с него - тя малко се поколеба. - Нямам какво да си кажа с него след снощи. Не и след това, на което и ти беше свидетел.

- Къде беше днес тогава? - въпросът му беше изискващ и настойчив.

- На работа бях? - Лили повдигна високо вежди в знак на учудване. - Обикалях да зареждам стока и по различни други ангажименти...

- И толкова ли беше заета, че не успя да ми вдигнеш телефона поне веднъж, за да кажеш, че всичко е наред? - опита се да го каже спокойно, но сякаш от само себе си думите изскочиха иззад стиснати му зъби. - Поне в знак на благодарност?

- Но аз... Камене, не е това, което си мислиш. Бях си изключила звука на телефона, защото Андон не спираше да звъни и да ми пише по месинджъра и ме изнервяше. Когато шофирам, не винаги чувам и вибрацията... Аз наистина си погледнах телефона чак, когато ми звънна и тогава видях, че имам и други пропуснати повиквания.

- Можеш ли да си представиш какви картини ми минаха през ума, когато не отговаряше на позвъняванията ми, когато не те намерих нито в магазина, нито у вас? - без да чака покана, Камен влезе вътре и затвори с крак вратата зад себе си. Сграбчи я за раменете. - Ей, момиче, днес се побърках от притеснение за теб!

- Търсил си ме в магазина? - повтори като ехо Лили.

- Не съвсем, не ми се искаше да обяснявам на Маша защо търся точно теб, а не нея. Лили... - той сякаш искаше да каже нещо друго, но намеренията му внезапно се промениха.

Устните му се впиха в нейните и ги плениха с жадна настойчивост. Само в миг всичките ѝ мисли защо не трябва да допуска близост с него изчезнаха. Тялото ѝ се устреми към неговото с не по-малко желание. Двамата се залюляха в шеметен танц. Ръцете му я обгърнаха и я придърпаха към себе си, нейните пръсти се сключиха около шията му. Целувките му станаха бързи, страстни и властни. Устните му се смъкнаха надолу към шията ѝ, ръцете отместиха презрамките на роклята ѝ, за да им освободят път. Лили изстена и се изви, когато пръстите му достигнаха гърдите ѝ и ги освободиха от чашките на роклята. Беше разтопена като шоколад, цялото ѝ същество беше устремено към него. Краката не я държаха и се облегна на стената зад себе си. Не знаеше кога роклята ѝ беше отлетяла на пода, заедно с неговата риза. Наслаждаваше се на изваяното му мускулесто тяло, притиснато към нейното.

- Камене... - изстена тихо Лили, когато той с лекота я повдигна към себе си и я принуди да обвие крака около кръста му, за да се задържи.

- Лили... сладка Лили... направо ме омагьосваш - замаяно изрече той. Устните му се спуснаха по гърдите ѝ.

- С теб се чувствам толкова различно - прошепна тя. - Забравям всичко и всички... иска ми се да сме само двамата... завинаги... - Мислите ѝ извираха някъде извън съзнанието ѝ.

Завинаги! Думата изведнъж го прободе като с нож и разсече пашкула на омаята, която го беше обхванала. Камен внезапно я пусна на земята и леко се отдръпна от нея, за да може да я погледне. Дишаше тежко.

- Лили, погледни ме, моля те!

Тя не искаше да разваля магията, но с неохота отвори очи.

- Лили, не мога да ти обещая нищо, длъжен съм да ти го кажа - в очите му желанието още гореше, но беше сериозен. - Не мога да обещая нищо повече от тази вечер...

Сякаш я поля кофа студена вода. До преди минута беше готова да го приеме без възражения, без очаквания, без мисли за бъдещето. Думите му обаче внезапно я отрезвиха. Той искаше от нея предварително да приеме идеята, че е кукла за една вечер? Да признае, че си ляга с всеки срещнат и на сутринта всеки поема по своя път? Желанието ѝ беше угасено от внезапно лумналия яд. Тя отмести ръцете му от кръста си.

- Не търся еднодневки или секс на повикване, благодаря - наведе се и взе роклята си, като с бърз жест я нахлузи обратно. - Съжалявам, ако погрешно си ме разбрал.

Наведе се, взе ризата му и я тикна в ръцете му. Гневът напираше в нея.

- Ти си хубав мъж, Камене, а аз съм най-нормална жена. По някаква причина се появяваш в живота ми в момент, в който съм особено уязвима. Можеш да бъдеш сигурен, че това е временно състояние. Справяла съм се и с по-големи предизвикателства, ще се справя и с тази слабост...

- Не искам да те наранявам, Лили, аз наистина...

- Как смяташ, че можеш да ме нараниш, когато те познавам само от няколко дни? Могат да ме наранят само най-близките ми хора.

Той повъртя ризата в ръцете си и несръчно запозна да я облича. Отново можеше да му бъде присъдена награда за анти-джентълменско поведение... А така го подпалваше отново, когато хвърляше тези ядосани искри.

- Много ти благодаря за всичко, което направи за мен. Наистина. Но не ме мисли, ще се оправя и сама - тя го избута към вратата. - Стана наистина късно.

Камен се спря на прага, обърна се и я погледна. Не беше сигурен какво трябва да каже или да направи.

- Лека нощ, Лили!

Тя затръшна вратата след него и превъртя ключа, дори без да отговори. Стисна устни, а после хвана първият предмет, който ѝ попадна и го запокити към стената.

СЕДМА ГЛАВА

Следващите няколко дни минаха напрегнато. Лили се обади в полицията и им даде информацията, която беше получила. Не знаеше дали Камен беше задействал връзката си, но полицаите този път бяха невероятно отзивчиви и започнаха истинско разследване. Маша гледаше как двама униформени взимат със закъснение отпечатъци от рафтовете, от които липсваше най-много стока и очите ѝ щяха да изскочат.

- Не мога да повярвам! Как така изведнъж им дойде музата?!

- Нали ти казах, звъннах и им казах за случая в Пловдив - за стотен път ѝ повтори Лили. - Изглежда, че имаха и друга информация, защото казаха, че човекът им е познат и от известно време го наблюдават. Аз нямам надежди да си върнем загубите, честно казано, но ако ги заловят, поне ще бъда морално удовлетворена.

- Морално! Никакъв морал не ми трябва, искам си парите, с лихвите, с обезщетение за преживените страдания. Ще ги плати и още как! - Маша тропна с крак.

Лили се засмя. Маша беше толкова емоционална и непосредствена понякога.

- Интересно ми е, че не съм виждала Дони скоро. Очаквах, че ще виси час по час пред магазина - смени темата тя.

- Всъщност, и аз не съм го виждала - призна Лили. - Пише ми по няколко съобщения дневно, но не смее повече да ме търси. Явно и пътува някъде, защото месинджърът ми го изписва от различни локации.

- Глупак! Вместо да впрегне усилия да те задържи сега, тръгнал да пътува...

- И по-добре... - Лили изпитваше истинско облекчение. Наистина не знаеше какво щеше да прави, ако той бе положил повече усилия да се извини. Почуди се сама на себе си, че не изпитва никакво разочарование от това. Изглежда, че дълго време се беше самозалъгвала, че е влюбена и дори че желае да има нещо общо с него.

- Аз пък имам с какво да се похваля - усмихна се Маша. - Знаеш ли с кого имам среща тази вечер?

- С кого? - внимателно попита Лили и се подпря на рафта.

- Снощи реших да се пробвам пак. От опит глава не боли - заговорнически ѝ намигна Маша. - Пък и ми омръзна все сама да си прекарвам нощите. Последно преди повече от два месеца беше онзи...- тя не довърши. - Прозвънях няколко бивши гаджета, обаче бившето си е бивше - там работа не става. Тъкмо щях да звъня на един Калоян и гледам до него в телефона, на следващия ред "Камен". Викам, чакай пък да го пробвам.

Цялата кръв се смъкна от главата на Лили, тя имаше чувството, че ще се строполи на земята. Не искаше да чува остатъка от историята, но Маша нямаше как да знае. Единственото, което Лили ѝ беше споделила за последната вечер с Камен, беше, че той ѝ е казал за крадците. Не успя да се накара да говори дори за вечерята в ресторанта, а камо ли за последвалата сцена у тях...

- И представяш ли си, разговори се, приятелски настроен и дори като го питах какви са му плановете за днес, сам ми предложи да излезем! - разказваше Маша ентусиазирано. - Така че довечера съм на кино, мила моя!

Лили престана да слуша, не можеше да издържи повече възторжени слова. За нейна радост в този момент един клиент застана пред касата и тя едва не се затича натам.

Но защо толкова се ядосваше? Камен съвсем откровено ѝ беше заявил какво търси и какво желае. Лили съвсем откровено му беше заявила, че тя няма да бъде насреща. Той съвсем правилно беше преценил, че Маша е жената, която с радост ще откликне на идеята за една приятна нощ без ангажименти... Съзнанието ѝ започна да рисува картини как той целува страстно Маша, как тя впива нокти в гърба му и усети как ѝ призлява. Да прави каквото си иска! Опитваше се да убеди сама себе си, че това не я засяга, но сцените не преставаха да се въртят в ума ѝ и да я подлудяват...

Беше минала цяла седмица от злополучната вечер в апартамента на Лили. Камен се надяваше, че като не я вижда и не се интересува от нея, мислите му ще се укротят. Обаче беше сгрешил. Нежното ѝ тяло, извиващо се от страст до неговото, се промъкваше в съзнанието му във всеки миг, в който не беше ангажиран с работа. Сънищата му ставаха все по-неспокойни, той трябваше да работи все повече и повече, до късно вечер, за да не допуска картините и виденията. Отдаде го на месеците въздържание. Не трябваше да изпада в крайности. Не едно и две момичета му бяха давали аванси в тези месеци, дори нямаше нужда да полага особени усилия да търси жена. Да, вече беше убеден, щеше да намери някоя от тези хубавици за една приятна вечер и една страстна нощ, в която да укроти тялото си и да се върне към нормалното си ежедневие. И докато обмисляше на коя точно да се обади, звънна Маша. Любезна, отзивчива, готова.

И ето ги, седяха в бара срещу киното и пиеха уиски. Бяха гледали някакъв посредствен екшън, който с нищо не го беше впечатлил, но тя изглеждаше много доволна. Маша сияеше, хвърляше му провокативни погледи, преднамерено сядаше така, че впечатляващият ѝ бюст да прелива от деколтето, облизваше чашата прекалено дълго или премяташе крак, при което възкъсата ѝ поличка се вдигаше до висини, до които почти не оставяше нищо на въображението. Камен се усмихваше, но всъщност му беше досадно. Разговорът вървеше по прекалено повърхностни теми, които изобщо не го вълнуваха. Неволно се улавяше, че хвърля чести погледи към часовника. А с напредването на времето започна да му става все по-трудно да сподави прозявките си. Желанието му за страстна вечер, което беше така непреодолимо в последните десетина дни, сега беше спаднало до заплаха да изчезне съвсем. Все повече му се искаше просто да си отиде в леглото и да се наспи след поредицата безсънни нощи. И тази вечер май щеше да отиде към провал, ако не се вземеше в ръце навреме...

Тъкмо си мислеше да предложи на Маша да тръгват, когато погледът му отскочи към вратата и замръзна.

Облечена в тесни дънки и прилепнала блузка и придружена от очарователен кавалер, в заведението влезе Лили. Тя се смееше от сърце на това, което той изглежда току-що ѝ беше казал. Едва ли бе чак толкова изненадващо да я види тук, но не можеше да направи нищо друго, освен да гледа със зяпнала уста. Мъжът беше строен и стегнат и някак много ѝ приличаше, двамата стояха много добре един до друг, сякаш от корица на списание.

Лили, изглежда, не забелязваше нищо друго, освен него, защото не се огледа изобщо и не видя Камен или Маша, а директно продължи към една от по-скритите маси заедно със своя кавалер.

- ... наистина обичам светлите цветове, придават на облеклото много свеж вид... - Маша видя, че Камен се е вторачил в една точка и се намръщи. - Слушаш ли ме?

- Да, да, разбира се - сепна се той. Разтърси глава сякаш се опитваше да се отърси от неприятно видение.

- Изглеждаш ми изморен. Искаш ли да тръгваме вече? - усмихна му се изкусително тя.

- Да тръгваме? - повтори Камен като ехо. Стоеше като залепен за стола и усещаше, че не може да помръдне от там. Не и докато не разбере какъв беше този с Лили. - Можем да изпием по още едно?

- За мен като че ли вече е достатъчно - усмивката ѝ спадна до равна физиономия. - Но щом ти така предпочиташ...

Камен изломоти нещо неразбрано и извика сервитьорката, за да поръча по още едно питие. Всичките му планове претърпяваха сериозен крах. В този момент си даде сметка, че Маша не само не може да задоволи желанията му, както си бе мислел, ами дори му ставаше противна и отблъскваща с излъчващата се от нея сексуалност. Не можеше да мисли за друго, освен за Лили.

- Я виж, сякаш това е твоята колежка ей там? - уж небрежно подметна той, без сам да знае защо.

- Къде? - Маша се извърна цялата и бюстът ѝ почти изскочи от деколтето. - Вярно! Брей, не съм я виждала тук от години.

- Така ли? - повдигна вежди той заинтригувано.

- Познават се със собственика, бяха приятели преди време, но се скараха. По-точно той се отнесе малко... - Маша търсеше думата. - Както и да е, Лили каза, че няма да идва повече в това заведение. Както е видно, до днес.

- Явно кавалерът е особено важен...

- Аз не мога да видя от тук с кого е - Маша се наклони назад, но мъжът ѝ се падаше зад колоната и тя наистина не можеше да го види. - Ама с кого пък може да е, тя с кого ли излиза, освен с онзи нейния фукльо... Трябва да отидем да ѝ се обадим!

- Мисля, че няма смисъл да я притесняваме...

- Да бе, ще я притесняваме! Хайде!

Маша скочи енергично от мястото си и го задърпа за ръката. Камен с неохота се изправи и тръгна след нея.

Лили стоеше на масата и пресилено се смееше едва ли не на всяка дума, а брат ѝ я гледаше леко изненадан. Никога досега не я беше виждал да реагира толкова възторжено на шегите му.

- Толкова се радвам, че дойдохте на гости, брат ми! - добави тя, след като утихна смеха ѝ. - Отдавна не съм се забавлявала така.

Жалко само, че Маги не пожела за излезе заедно с нас.

- Не искаше бебето да заспива навън, защото после се събужда, когато го пренася в креватчето. А събуди ли се веднъж, никой от нас не може да се надява на сън после - засмя се Павел и погледна часовника си. - Предполагам, че вече го е приспала и е добре да се връщам. Можем да си продължим вечерта в хола, за да може да го чуваме, ако се събуди.

- Да, да, разбира се - смути се Лили. - Само да си допием питието. На мен ми се искаше малко да се измъкна от къщи.

- И за нея така беше по-добре, за да могат да се приспиват спокойно - Павел въздъхна. - Не е лесно с бебе.

- Толкова съжалявам, че не успях да реагирам, когато ме помоли... - тя сведе поглед към питието си. - Чувствах се ужасно.

- Е, хайде сега, няма никакъв проблем. Беше идеалната възможност за Маги пък да придобие увереност в себе си. Все някога трябваше да остане сама с бебето. Сега дори ти е благодарна.

- Ха-ха - насила се засмя тя и добави замечтано. - Нямам търпение и аз да разбера какво е да имаш бебе!

- Да имаш бебе? - чу изведнъж до себе си писклевия глас на Маша. - Лили, да не би да имаш новина и аз да не знам?!

Лили подскочи на мястото си. Беше седнала с гръб към пътеката и не беше забелязала кога Маша се е приближила до тяхната маса.

- Маша, какво правиш тук?! И подслушваш?! - засмя се тя и се извърна.

- Имаме ли повод да честитим? - докато погледне, чу познат дълбок глас.

Камен местеше поглед от нея към брат ѝ, с леко присвити очи. Не се усмихваше. Усети как цялата ѝ кръв се качва в лицето, а в стомаха ѝ почват да пърхат пеперуди.

- О, просто си говорехме за това какво е да имаш бебе... Маша, сигурно помниш Павел, макар че не сте се виждали отдавна?

- О, да, разбира се! Здрасти, Павка, как си, радвам се да те видя - Маша деликатно протегна ръка към него.

- Благодаря, добре, и аз се радвам да те видя - изправи се леко той, за да се здрависа с нея. После се обърна към мъжа до нея. - Приятно ми е, аз съм Павел. Вие сигурно сте приятелят на Маша?

- Приятел съм на Лили и Маша - натърти той като с известна неохота подаде ръка и сухо добави. - Камен.

Павел повдигна леко вежди в знак на учудване срещу видимото неодобрение, което се излъчваше от мъжа, но само сви рамене и седна обратно на стола си. Кимна към новодошлите.

- Ние сме за малко, но ако искате, седнете при нас? - предложи

Павел.

- Камене, ние ще си ходим ли или да седнем за малко при тях? - обърна се фамилиарно към него Маша. Тонът ѝ изобщо не допускаше вариант да се приберат в различни посоки.

Камен погледна към смутената Лили и усети как започва да губи контрол над себе си. Беше ядосан, много ядосан. На Маша, за това, че представи различна ситуация. На Лили, че го беше прежалила толкова бързо. На Павел, който седеше на мястото, на което трябваше да е той самият. И най-вече на себе си за това, че сам беше избрал да не е седнал на това място.

- Аз нямам бърза работа. Ако ти се притесняваш, че ще закъснееш, можеш да тръгваш - изрече го с мек тон към Маша, но усети как три чифта очи се втренчиха в него укорително. Да, можеше да бъде много добър, когато се налагаше да отреже някого. Очите му се приковаха отново в Лили. Сякаш я изпиваше с поглед. - Надявам се, не ви притеснявам?

- Ннеее, сядайте при нас - Лили се премести в единия ъгъл на малкото диванче, на което беше седнала и той веднага се намести до нея. За Маша не остана друго място, освен да седне на срещуположния диван до Павел.

Лили се стегна. Усещаше топлината на тялото му с всяка фибра на своето. Почти можеше да усети силните му мускули. Долавяше и напрежението, което го беше обзело - струеше от стойката му, от стегнатите мускули, от смръщените вежди. Ако трябваше да бъде откровена със себе си, беше почти сигурна, че ще ги открие тук, тъй като заведението беше непосредствено до киното. И за да бъде напълно откровена трябваше да признае, че беше накарала Павел да дойдат именно тук. Не смееше и пред себе си да признае защо го беше направила. Толкова много се беше изтезавала от мисълта какво правят Камен и Маша заедно, че сега цялата ѝ същност ликуваше, че ги завари просто да седят на една маса, без дори да се докосват. Не беше честно! Да прави каквото си иска, да ходи със сто други жени, ако иска, но да не го прави пред очите ѝ! Такива демонстрации намираше за крайно отвратителни и нямаше намерение да му спести мнението си по въпроса.

- Колко интересно да срещна най-добрата си приятелка и човека, който... - тя умишлено направи пауза - ни доставя каучукови артикули, в бара на киното.

- Гледахме "Войната на човекоподобните" и бяхме впечатлени, нали, Камене? - опита да изкокетничи Маша.

- Сякаш не гледаме войните на човекоподобните ежедневно - уж небрежно изкоментира Камен, облегнат на страничната облегалка на диванчето, обърнат към Лили. Думите му бяха толкова емоционално наситени, че тя веднага усети, че той изобщо не говори за филма. - Хората често заслужават да бъдат наречени човекоподобни и ежедневно влизат във война един с друг, защото не могат да направят компромис.

- Компромисите се правят, когато имаш причина да ги направиш - стисна устни Лили.

- За да могат да съжителстват хората, трябва да умеят да си помагат и без причина, да правят компромиси и без причина. Елементарна човешка благодарност.

Благодарност?! Лили кипна.

- Човек не може да очаква другите да падат в краката му и да престъпват собствените си принципи в знак на благодарност!

- Но и не очаква предателство от хората, на които помага...

- Как предателство? - Лили отново извиси глас. - Не е предателство да откажеш да погазиш разбиранията си, ако това искат от теб насреща в знак на благодарност!

- За филма ли говорите? - Павел местеше очи от единия на другия и сякаш нещо му проблясваше, нещо, което още не успяваше да улови.

- Гледала съм достатъчно филми аз - троснато добави тя.

- Но кога си гледала "Войната на човекоподобните"? Премиерата му беше миналата седмица - смръщи се Маша неразбиращо и нацупи устни.

- Лили сигурно гледа филмите предварително, още преди да са излезли - Камен скръсти ръце пред гърдите си и преднамерено се облегна назад. Тонът му отново не оставяше съмнение, че няма предвид пиратски торенти.

- Някои филми са почти банални. Сюжетите им са до болка познати и дори и да има някои разлики, винаги знаеш какво ще се случи накрая - продължи Лили, неспособна да се сдържи.

- А някои хора не успяват да различат стойностните филми от баналните и пропускат истинските филми, предубедени, че знаят края им.

- Имах една приятелка, която работеше в шоубизнеса, тя казваше, че първите десет минути от всеки един филм, са достатъчни, за да ти покажат става ли или не. Ако не успее да те грабне, забрави го!

- Не и когато го гледаш със затворени очи...

- Ама какво се впрягате толкова за някакъв си филм? - прекъсна ги Маша със смръщени вежди.

- Знаете ли, аз мисля да тръгвам - Павел се надигна от мястото си. - Жена ми е сама с бебето и не искам да ги оставям сами твърде дълго. Лили, ти ако искаш, остани още малко. Маша, ако предпочиташ да тръгваш, мога да те закарам до вас? - той я погледна настоятелно и Лили видя, че Павел се опитваше да убеди Маша, че мястото им не е там. Маша гледаше объркано.

- Маша, аз съм пил, няма да мога да те закарам... - без капка извинение в тона добави Камен.

Маша придоби каменно изражение и се изправи достолепно. Погледна го от високо, сякаш беше готова да го заплюе. Лили нямаше избор. Изправи се също и каза:

- Стана доста късно наистина, да не оставяме Маги да ни чака самичка с бебето. Павка, ще хвърлим Маша до тях и ще се приберем, нали? Камене, да закараме и теб? - предложи с леден тон.

- Благодаря, аз ще изпия още едно тук. Благодаря ви, че ще закарате Маша.

Камен се облегна отново на дивана. Е, поне въпросният господин беше женен и имаше бебе, с които явно заедно спяха в апартамента на Лили. Постара се да не поглежда към Маша. Затова пък проследи всяка извивка и всяко движение на тялото на Лили, докато излизаше от заведението. После си поръча още едно малко и запали цигара, въпреки че от доста време ги беше спрял.

ОСМА ГЛАВА

И на следващия ден Лили продължаваше да трепери от яд, като си помислеше за предната вечер. Как смееше той да обвинява нея в предателство? Той, който беше излязъл с най-добрата ѝ приятелка, под носа ѝ? Как смееше да твърди, че тя не може да преценява кой какъв е, когато сам ѝ беше обяснил, че иска само секс и нищо друго? Не, не ѝ трябваше такъв индивид. Но нямаше да се остави да я прави на маймуна!

Брат ѝ си замина със семейството си като преди да тръгне на няколко пъти ѝ натърти да поработи над отношенията си с мистериозния приятел, с когото бяха видели Маша предната вечер. Самата Маша беше категорична, че повече не желае и няма да се занимава с човек като него.

Лили въртеше педалите на колелото във фитнеса. Мислеше и премисляше отново. Цял ден се изкушаваше да намери профила му във Фейсбук и да му пише някои неща. За жалост обаче не знаеше фамилното му име. Беше се обадила в "Ню Уей Дистрибюшън" и се опита да изкопчи информация за фамилията на служителя на име Камен. Момичето обаче звучеше малко объркано и каза, че в момента нямат такъв служител. Дали беше напуснал? Толкова бързо? Въртеше педалите все по-бързо и по-бързо, но не намираше успокоение. Няколко пъти поглеждаше към чантата си, където беше телефонът ѝ. Няколко пъти се отказваше. Накрая се предаде.

- Да? - вдигна с рязък тон той.

Лили преглътна, сигурна беше, че номерът ѝ му се изписва и той знае кой звъни.

- В осем в Боровата градинка, до реката.

- Моля?

- Научи се да разпознаваш филма по първите десет минути - каза тя и затвори.

Пое дълбоко въздух и остави телефона върху коленете си. Дали щеше да дойде? И защо изобщо го беше извикала?!

Отиде бързо до вкъщи да се изкъпе и преоблече и потегли към Боровата градинка. Нямаше да взима кола, за петнайсетина минути ходене щеше да е там. Той не беше звъннал повторно. Не знаеше дали да го приема като потвърждение или като отказ. Облече се спортно, както се чувстваше най-добре. Винаги можеше да каже, че е отишла просто да потича, по клин и тениска.

Поразходи се из градинката, но не видя никого. Имаше няколко деца, които се люлееха на люлките, а край тях бяха майките и бащите им. От Камен нямаше и следа. Както беше заредена с ярост и си беше подготвила гневната тирада, изведнъж усети как започва да я обзема огромно разочарование. Гневът ѝ сякаш потъна някъде, а заедно с него и настроението, и енергията ѝ. Забави ход и след малко усети, че няма сили дори да върви. Седна на пейка и хвана глава в ръцете си. Какво ли бе очаквала? Че той ще дотича веднага щом тя му се обади? Защо си беше въобразила, че има такова значение за него? Изведнъж я обхвана паника, че е направила голяма грешка. Целенасочено беше провалила срещата му с Маша, водена от някакви неразбираеми чувства. Неразбираеми ли? Та нима беше на тринайсет, че да не осъзнава, че е лудо, безнадеждно и всепоглъщащо влюбена в него? Влюбена? Кога бе успяла да се влюби? Дали когато я целуна, или пък когато я прегърна, или още по-рано - когато двамата гледаха заедно залеза? Когато и да се беше случило, беше факт. И беше факт, че се чувстваше повече от нещастна сега. Изправи се, направи няколко крачки напред, огледа внимателно всички хора в градинката, но уви. Вече беше осем и половина. Погледна телефона си, но нямаше пропуснати повиквания, нямаше съобщения. Не, не беше благоволил дори да я уведоми, че няма да дойде…

С бавна стъпка тръгна по тротоара на улицата към къщи, едновременно ядосана и унила. Беше минала стотина метра, когато зад гърба ѝ един клаксон пронизително изсвири и изсвистяха гуми от резки спирачки. Лили инстинктивно отскочи настрани и се обърна.

Червеният „Нисан" беше спрял точно до нея. Дясната врата се отвори и отвътре чу познат дълбок глас с нетърпящ възражение тон:

- Влизай!

Тя се подвоуми за секунда, но задната кола започна да свири, защото Камен беше спрял на неудобно място, и Лили бързо се вмъкна в колата. Той веднага отпусна съединителя и отново със свистене на гумите потегли. Лили едва сега го погледна. Беше облечен с риза с дълъг ръкав, вратовръзка и панталон. Лицето му беше почервеняло и си личеше как му е видимо неудобно и горещо в това облекло. Косата му беше разрошена, а очите му гледаха някак уморено.

- Все бях чувала, че до петнадесет минути е допустимо да се закъснее, дори някои го смятат за задължително, но повече от половин час си е направо рекорд - при това, от страната на мъжа - стрелна го Лили.

- Стори ми се, че много настояваш да се видим. И положих доста усилия, за да се случи.

Видът му не оставяше много място за съмнение, че е тръгнал директно от офиса. Но тя не се стърпя да попита.

- Каква пък толкова работа те задържа до… - тя погледна демонстративно часовника на телефона си - …осем и четиридесет? Май неотдавна ми обясняваше, че работното ти време изтича точно в шест?

- Трябваше да отида да прибера кашон с презервативи от една разгневена клиентка - заядливо продължи той и се подсмихна, като видя недоверчивия ѝ поглед. - Отзад в багажника е, държиш ли да ти го покажа?

- Няма нужда, моля. И това ти отне…. хм… два часа и половина?

- С някои клиентки отнема по-дълго време - хапливо продължи той.

- Не се и съмнявам - кисело смотолеви тя и погледна навън през прозореца, смутена от неочаквано ярката картина, която изникна в съзнанието ѝ - съблазнителна продавачка, протегнала ръце към него, а той… Тя тръсна глава. - Накъде караш всъщност?

- Към нас - невъзмутимо отговори Камен.

- Към вас ли?

- Изморен съм, гладен съм, трябва да се отърва ризата и вратовръзката, преди да ме удушат - обясни ѝ бавно и натъртено, като на досадно дете. - Ако искаш да говорим, ще трябва да ме изчакаш малко.

Лили замълча. Камен беше прав. Беше му поставила ултиматум без изобщо да се съобрази с неговите ангажименти. Все още недоумяваше каква толкова работа е имал един шофьор до това време, че и стегнат с такъв официален костюм.

- Като ни караше джапанките, не идваше облечен с костюм… трябва ли да го приемам като лично отношение?

- О, тогава определено работата ми беше доста по-приятна - усмихна се Камен и я погледна закачливо. Лили усети как е готова от една усмивка отново да полети и да забрави всичко случило се.

- Защо, да не би да си сменил работата? - попита внимателно тя.

- Минах на друга длъжност - кратко каза той. Все още не беше готов да й разкаже повече.

- И толкова ли бързо те забравиха, че момичето от "Ню Уей" не можа да си спомни за служител на име Камен?

- Ти си звъняла да питаш за мен? - вдигна вежди той, като умишлено пропусна въпроса й.

- Трябваше ми фамилията ти за някои служебни досиета - смотолеви Лили.

- Доста изрядни архиви водите при вас, щом чак и моята фамилия е необходима…

- Стават грешки, трябва да знаем винаги кой какво е направил. Ето, ако бях оставила на Маша, можеше и още да не е разбрала за сгрешената доставка тогава. И както е видно, само с едно малко име, въобще не можем да открием човека насреща…

- Аха… - той не посмя да продължи темата за Маша.

- И какво все пак е фамилното ти име? - настоя Лили.

- Фамилното ми име ли? - попита Камен глуповато, като се чудеше как да се измъкне. Ако й кажеше истинската си фамилия, тя веднага щеше да я свърже с името на баща му и тогава трябваше да се обяснява надълго и нашироко...

- Не знаеш ли какво означава фамилно име? Аз, например, съм Лилия Атанасова, във Фейсбук - само Лили Атанасова.

- Във Фейсбук съм Камен Георгиев - с облекчение въздъхна той. - На латиница. Ето, пристигнахме.

Стигнаха пред едно от новопостроените блокчета в един от кварталите. Той паркира на улицата. Този път излезе и отвори вратата й. Качиха се на петия и последен етаж и той я въведе в малък, спретнат апартамент с голяма тераса с гледка към планината. Беше й интересно къде живее. Апартаментът наистина беше нов и хубав, но някак си твърде малък. Влязоха в неголям хол с кухненски бокс в единия ъгъл. От другата страна имаше врата, която беше притворена и се виждаше, че води към малка спалня.

- Е, добре дошла! - посочи той с жест дома си. - Заповядай на дивана, пусни си, ако искаш, телевизия, докато ме изчакаш да се преоблека и да направя нещо за вечеря.

- Да направиш нещо за вечеря ли? - погледна изненадано Лили. -

Тук ли?

- Твърде съм гладен, за да чакам тепърва да ходим някъде. Не ми ли спомена ти предният път, че не съм добра компания, когато съм гладен? - усмивката му я обезоръжи.

- Ами аз… както желаеш… - тя започна да чупи пръсти.

- Имам в хладилника сочни пържоли, овкусени по рецепта на един превъзходен готвач, а на балкона има малко барбекю. Мисля, че ми се намират и няколко огрети от слънцето домата и краставици от градината на баба ми. В камерата обичайно има няколко бутилки розе - той се засмя като погледна блясъка в очите ѝ. - Ставам ли за рекламен агент, изкуших ли те?

- Изкушил ме, ясно ми е, че ме вербуваш за главен готвач - засмя се тя. - От мен салатата, от теб - скарата.

- Дадено, разполагай се в кухнята, аз само да си сложа екипа за скарата.

- Малко музика за фон? - той се беше приближил до уредбата върху секцията и разглеждаше наличните дискове. - Обичаш ли френски балади?

- Не съм сигурна доколко съм запозната с актуалната френска музика.

- Заз, Индила, Милен Ферме, Лара Фабиан … пускам - Малкият апартамент се озвучи от нежните мелодии, а Камен се скри в спалнята.

Лили не беше очаквала, че ще ѝ бъде толкова приятно да приготвят вечерята заедно. Всъщност, той запали скарата и докато тя се разгори, ѝ помогна да приготвят заедно салатата. Напрежението в отношенията им заплашително спадаше. Камен беше приятен, отзивчив домакин, шегуваше се, двамата се разбираха чудесно в малката си съвместна работа. В един момент Лили усети, че вече няма никакво желание да се връща към отминалите дрязги. Искаше само да се наслади на момента.

Седяха един до друг на платнена люлка на терасата с чаша изстудено розе и гледаха планината.

- За мой срам последно изкачих връх преди повече от година - промълви Лили, очарована от красотата на ширналата се пред тях планина. - Връх Ботев. А ти къде ходи последно?

- Последно се качих до Райското пръскало над Калофер. Била ли си там?

- Преди доста години.

- Аз не бях ходил. Заслужава си, красиво е. Но се качих сам. Сега си мисля, че бих споделил красотата с друг човек - гласът му леко се сниши.

- О! - повдигна вежди Лили и не се стърпя. - Ако смяташ да очароваш Маша с върхове и водопади, ще се мъчиш напразно, тя не е по тази част.

- Изобщо нямах предвид Маша - той я гледаше настойчиво.

- При теб изглежда човек никога не може да бъде сигурен кого имаш предвид!

- Явно доста погрешно впечатление съм оставил у теб…

- Не съм си формирала впечатленията от нищо друго, освен от онова, което сам си ми показал.

- Струва ми се, че ме обвиняваш за нещо…

- Не те обвинявам - тросна се Лили. Не ѝ се връщаше пак към темата, но трябваше да я изяснят, иначе нямаше смисъл. - Просто не обичам някой да ми прави напук. Ти беше пределно ясен какво очакваш от жените и нямам никакви претенции с коя, как и защо се срещаш. Но не обичам да ми се правят демонстрации.

- Ако исках нещо да ти демонстрирам, щях да го направя по друг начин. Трябва ли да ти припомням, че ти дойде в заведението, в което бяхме ние, а не ние - в твоето?

- Да не искаш да кажеш, че съм ви преследвала? - извиси глас Лили и рязко се обърна, като неволно замахна с ръка върху масата. Камен сграбчи китката ѝ миг преди да събори чашата с вино.

- Каквото искам да кажа, го казвам - Камен хвана още по-здраво ръката ѝ и я придърпа към себе си. Очите му се впериха в нейните. Сърцето на Лили прескочи няколко удара. В тях гореше силен огън. - А сега казвам, че просто трябва да те целуна. Лили…

Устните му се спуснаха върху нейните с такава настойчивост и жар, че Лили беше направо пометена от пожара, в който горяха. Страстта ги завладя за секунди. Чашите бяха забравени, а ръцете търсещи се пъхнаха под дрехите. Целувките му бяха горещи и всепоглъщащи. Обсипваше цялото ѝ лице, шия и рамене, всеки милиметър, който успяваше да освободи от под блузата ѝ. Ръцете на Лили изучаваха косата и раменете му, гърдите и силните мускули и си припомняха прекрасното усещане да бъде близо до него.

- Лили, какво се случва с нас? - промълви той между две целувки. - Караш ме да се чувствам така, както никога досега!

- Не знам, Камене, мога да мисля само за това, че искам да бъда близо до теб… - прошепна задъхано тя.

- Подлудяваш ме, мисля само за теб, направо си ме омагьосала - Камен я придърпа върху себе си и обхвана цялото ѝ тяло. - Прекрасна си!

- Ти си прекрасният… - Лили се притисна по-близо до него. Погледна в очите. - Не ми е достатъчно..

Сините му очи потъмняха почти до черно.

- Нито на мен - той внимателно я отмести, изправи се бързо и я грабна на ръце. - Не искам да те вижда никой друг, освен мен. Искам да се наслаждавам...

Лили не се възпротиви, когато той премина хола с нея на ръце и я заведе в малката спалня. Нямаше да има значение дори и да я беше завел в плевня, пълна със слама. Той я положи върху леглото и за секунди останалите върху тях дрехи изчезнаха. Беше толкова красив, толкова близо до нея, че не можеше да мисли за нищо друго. Сграбчи го и се понесе на вълните на дълго спотаяваното желание...

ДЕВЕТА ГЛАВА

- Хей, май така и си остана гладен! - Лили погали с пръсти широките гърди на задрямалия до нея мъж, а после ги целуна. Цялото ѝ тяло беше изпаднало в блаженство от преживяното удоволствие.

- Ммм… - измърка Камен. - Ако продължаваш така, пак ще забравим вечерята. Ще ме изтощиш до край и тогава ще трябва да ме спасяваш.

- Всъщност, трябва да призная, че и аз доста огладнях. Изглежда си майстор на скарата.

- Само на скарата ли? - надигна се леко към нея той със закачливо укорителен тон. Ръцете му галеха раменете и бедрата ѝ.

- Е, може би не само…

Устните им отново се вплетоха за целувка, този път по-нежна и спокойна. Преди да се увлекат отново, Камен се откъсна и внимателно се изправи като кимна към разпилените по пода дрехи.

- Нека хапнем преди пържолите да са изстинали безвъзвратно.

Нощта беше паднала, но на балкона беше топло и приятно. Хапнаха с удоволствие, шегувайки се и говорейки по приятни и за двамата теми. Лили се чувстваше на седмото небе. По основната тема на техния раздор обаче не бяха продумали нито дума. Той последно я беше предупредил, че не може да даде обещания, а тя последно просто беше паднала в прегръдките му без повече обяснения.

- Имаш завидно количество розе у вас - отбеляза Лили, след като той извади трета бутилка. - Да не си очаквал гости?

- Обичам да бъда подготвен - засмя се той, докато пръстите му си играеха с косата ѝ.

- Значи често се оказваш с неочаквани гости у вас? Или по-скоро, гостенки?

- Отчет ли очакваш? - пръстите му застинаха за секунда. След малко пак продължиха да въртят кичурите на косата ѝ. - Навикът е останал от баща ми.

- Какъв навик? - смръщи вежди Лили.

- Родителите ми се разведоха, когато бях малък. После се виждах с баща ми само когато му ходех на гости. Спомням си как винаги ме впечатляваше това, че хладилникът му беше пълен с неща "за гости". Всъщност, наистина често му идваха гости. Дори когато аз и сестра ми отивахме за нашия следобед с него, в повечето случаи на вратата се звънваше и идваха някакви хора. Тогава хладилникът ми се струваше бездънен. Вадеше ли, вадеше, за да черпи гостите, а ние скучаехме ли, скучаехме...

- Баща ти трябва да е много социален човек?

- О, да, определено държи на положението си в обществото - Камен усети, че навлиза в дълбоки води и побърза да смени темата. - А твоят?

- Моят баща ли? - Лили изпусна дълбока въздишка. - Никога не съм го виждала. Не го познавам.

- Сега не знаеш ли къде е?

- Майка ми не желаеше да говори за него. Казваше само, че е бил лятна авантюра, която е трябвало да забравят... - Лили поклати глава. - Дори нямам представа дали той знае за мен. Не знам дали е българин, дали е чужденец...

- Нямаш братя и сестри?

- Е, как да нямам - извърна се изненадано Лили. После се сети, че умишлено беше "пропуснала" да представи Павел като свой брат. - Като бяхме в бара до киното, бях с брат ми.

Камен вдигна високо вежди.

- Извинявай за коментара, но ми се струва, че майка ти е водила доста интересен живот. И той ли е плод на лятна авантюра?

Лили пресилено се засмя. Всъщност не ѝ беше смешно.

- Да, майка ми определено е имала особен живот. До една възраст е бил съвсем обичаен - завършила училище, намерила си работа, започнала да се среща с момчета. На двайсет и пет се омъжила за едно от тях. Доколкото знам, били щастливи заедно. Като изключим това, че не е можела да забременее. Минали десет години, в които нямали деца. Тя ми е разказвала, че това много изострило отношенията им. В един момент се скарали и той я напуснал. И тук започват интересните неща в живота ѝ. Тъкмо след като я напуснал, тя се оказала бременна, но без никаква връзка с него. Минали години преди да го открие отново и да успее да му каже за Павел. В това време тя си го отгледала сама, а за тези години той вече бил създал друго семейство.

- Ти познаваш ли го? - Камен си мислеше, че животът на неговото семейство е бил объркан, но явно не можеше да се мери с това на Лили…

- Виждала съм го няколко пъти. Той пращаше пари за издръжката на Павел и веднъж годишно се виждаше с него. Сега мисля, че живее някъде извън България…

- Интересно как си се появила ти после?

- И за мен остава интересен този въпрос. Майка ми говореше за чичо Кирил - бащата на Павел, поддържаше някаква минимална връзка с него. Но така и не пожела да продума за моя баща. Не знам защо. Разликата ни с Павел е шест години, така че той трябва да е бил на пет, когато на морето е изживяла някаква страстна авантюра. И за втори път след това се е оказала бременна и сама. При това на завидната възраст от четиридесет години.

- Уау! Животът ѝ не е бил лек…

- Не беше. Не съм я чувала да се оплаква, напротив, винаги ни е казвала, че и двамата сме дар от бога и че съдбата я е лишила на два пъти от опората до себе си, но ѝ е дала нещо безценно. Но всички тези грижи и тревоги я съсипаха и си отиде твърде рано… - очите ѝ се насълзиха. - Твърде рано, преди да успее да види внуците си...

Камен я прегърна по-силно и я привлече към гърдите си.

- Сигурно е ужасно трудно да загубиш родител…

- Ужасно - Лили се мъчеше да не се поддава на мъката. - Въпреки че последните години беше доста тежко. Имаше моменти, в които беше на легло и имаше нужда от постоянни грижи. Но това си беше майка ми и тя беше всичко за мен на света. Може би някъде по света имам и баща, а може би не. Но никога вече няма да го разбера. Фактът е, че сега съм сама...

Сърцето му се сви. Прегърна я още по-силно и я остави да се сгуши до гърдите му. Как му се искаше да каже, че не е сама… но не можеше, просто не можеше да поеме тази отговорност.

- Всъщност - Лили се отдръпна, - така говоря като се разкисна. Не съм сама. Имам Павел. Вярно, че той си има собствено семейство и грижи, но двамата се поддържаме… - тя изведнъж си припомни пак как ѝ се беше наложило да му откаже в редките случаи, в които той бе поискал помощта ѝ и изкриви устни. - Или поне ни се иска да е така… До скоро имах и … - Дони. Щеше да го каже, но изведнъж усети, че е страшно неуместно да намесва името му и замълча.

- Имаше и? - нежно я подтикна да продължи Камен.

- Имах много приятели - смотолеви Лили. - Сега вече не са толкова. Повечето хора се ожениха и… ами, отдалечихме се. Изглежда, че хората като създадат семейства и позабравят за приятелите си…

- Разбирам, че досега не си живяла с някого? - тихо попита Камен.

- Не съм, но съм сигурна, че не бих пренебрегнала приятелите си - разпалено каза Лили.

- Понякога е доста трудно да балансираш между желанията на приятелите си и тези на партньора ти - замислено каза Камен. - Трябва да правиш избор, който не желаеш да правиш…

- Звучиш като човек с доста опит по въпроса? - опита да се пошегува Лили, но усети как хем беше любопитна, хем никак не ѝ се слушаше за това какви жени е имал през живота си.

- Не съм първа младост вече - сухо се засмя той. - Натрупал съм опит в какви ли не сфери. Имам бакалавърска степен по управление на женски капризи.

И за да не ѝ даде възможност да задълбава повече в темата, затвори устните ѝ с целувка. Лили се опита да протестира, но всички мисли шеметно се измъкнаха от главата ѝ и само след миг остана единствено усещането за близостта му. Устните му се спуснаха по тялото ѝ, оставяйки огнена диря, а дрехите отново станаха излишни….

- Не, така просто няма да стане! - Камен усети как гласът му кънти не само в телефонната слушалка, а и из цялата офис сграда. - Виж, господин Великов, просто няма да се получат така нещата. Ако искаш да ръководя аз бизнеса, ще се съобразяваш с моите решения. Ако още веднъж чуя, дори и най-простият работник да ми каже, че господин Великов-старши му е наредил друго, директно си хващам самолета и изчезвам!

Камен млъкна за малко, за да чуе обяснението на баща си, но твърде бързо му прекипя отново.

- Не, това изобщо не ме интересува! Нито пък дали си ми баща, дали си ми свако, или си просто никой! Ако ти трябва някой, когото да командваш, наеми мениджъри на заводите и си управлявай както намериш за добре през тях. Говоря ти съвсем сериозно, това наистина е последният път, в който го допускам. Сега трябва да затварям.

Камен захвърли ядосано телефона на бюрото. Тропна ядно с юмрук и смръщено се взря в екрана на компютъра си. Знаеше много добре, че така ще се получи. Беше абсолютно нереалистично да вярва, че човек като баща му, който цял живот беше свикнал да управлява, не само фирмите, а и живота на хората около себе си, изведнъж ще се промени. А сам в едно беше убеден - по-добре да има един мениджър, който понякога да прави грешки и да понася отговорността за тях, отколкото да раздвоят авторитета и служителите да не знаят кого да слушат.

Хвана глава в ръце и за пореден път се почуди дали не прави огромна грешка в живота си. Животът в България имаше своите предимства, но имаше и своите огромни недостатъци. Понякога се чудеше защо беше изоставил високия стандарт, подредените улици, усмихнатата атмосфера, чистите и спокойни паркове, организираното ежедневие, за да дойде отново тук, където законите на джунглата продължаваха да ръководят живота изпод маската на привидната цивилизованост. И най-вече се чудеше защо, по дяволите, беше изоставил средата, в която го ценяха като професионалист, за да дойде и да понася капризите на баща си, който се отнасяше към него като към неук и неопитен младеж.

После в ума му изникна Лили. Изникна силно казано, защото тя някак присъстваше винаги в мислите му, дори и в този момент да се беше съсредоточил в нещо друго. Този път обаче си представи думите ѝ, докато говореше за майка си и за това как е била до нея и не е могла да я остави до последния ѝ дъх. Не можеше да каже, че е близък с баща си. Той беше просто една фигура, с чието съществуване беше израснал. До някое време обичаше да се хвали, че е син на Великов, собственика на завода за каучукови изделия. После беше забелязал, че това кара другите или да му завиждат, или да имат нереалистични очаквания към него и реши, че няма защо да го споделя. Предвид, че живееха в различни градове, не беше никак трудно да казва просто, че баща му има някакъв бизнес в съседния град. Тийнейджърите, с които тогава се движеше, рядко проявяваха повече интерес. Майка му също не обичаше никак да говори за него и си живееха така, почти инкогнито, малко хора знаеха кой всъщност някога е бил главата на семейството. Баща му не можеше да го разбере. Той се смяташе за успял човек, постигнал забележителни върхове в живота си и не можеше да проумее как и защо синът му се срамува от него. Така двамата обичайно трудно постигаха съгласие и се караха редовно. Но все пак, Камен изпитваше някакъв синовен дълг към него, нещо, което не можеше да обясни, но и не можеше да пренебрегне.

Телефонът му възвести пристигането на нов имейл. Той се протегна и размърда мишката на компютъра, за да събуди приспания екран. Писмото беше от бившия му шеф в завода, в който работеше във Франция. Имаха ново предложение към него, което беше повече от добро. Предлагаха му не само да се върне, но и да заеме по-висока позиция от тази, на която беше напуснал, с по-висока заплата и по-добре регламентирани работно време и почивки. Камен се взираше в екрана и чак не можеше да повярва. Една голяма уважаваща себе си компания правеше този жест да покани обратно служител, който е напуснал по собствено желание!

На вратата се почука и влезе мениджърът продажби. Беше намръщен.

- Господин Великов, имаме проблем с Поатие. Твърди, че е получил противоречива информация от господин Великов - старши и не е сигурен, че сделката в този вид го устройва. Много сериозно бие отбой.

- Поатие?! Но той беше готов да плаща, днес трябваше да направи авансов превод. Кога е успял да се чуе с баща ми?! - изрева Камен.

- Не знам - мениджърът се почеса несигурно. - Аз опитах да говоря с него, но мисля, че нещата са извън моята компетентност и ако искаме да спасим сделката, трябва незабавно да разговаряте с него.

Камен стисна зъби. Пое дълбоко въздух, преброи наум до три и помоли мениджъра да излезе. Взе телефона и се подготви за поредна битка.

Денят му беше толкова напрегнат и пълен с глупави проблеми, че в края му беше готов да седне и да отговори на французите, че приема предложението им. Докато преглеждаше пощата, отвори и Фейсбук. Имаше десет непрочетени съобщения. Девет от тях бяха по работа и изискваха да им отговори незабавно. Десетият беше от Лили. Лили Атанасова във Фейсбук.

“Как си днес? Ще се видим ли довечера?”, пишеше му лаконично Лили с усмихнато човече. Преди пет часа.

Той се взря в снимката ѝ, сякаш я виждаше за пръв път. По тялото му се разля приятна топлина от мисълта за предишната нощ. Така беше обсебен от идеята да бъде с нея, че изобщо не си помисли как тя може да изтълкува това, че останаха цялата нощ заедно. Сутринта едва бе успял да отвори очи, за да ѝ каже чао и да ѝ пожелае приятен ден. Тя настоя да си тръгне още към седем, но той сега не можеше да си спомни поради каква причина. Тогава се чувстваше толкова добре... за съжаление, целият последвал ден беше отдалечил съзнанието му прекалено много от случилото се. Ако трябваше да бъде искрен, едва ли искаше нещо повече от това да се доближи до топлото ѝ, отзивчиво тяло, да потъне в него и да забрави за всичко останало. Представи си как пръстите му се плъзват в нежната ѝ коса, как устните му галят кадифената ѝ кожа, как големите ѝ екзотични очи го гледат с толкова доверие… И в същото време в съзнанието му сякаш иззвъня аларма - той съвсем сериозно обмисляше дали да не предприеме нова голяма промяна и да се върне към живота във Франция и в големите концерни. Не можеше да я кара да преживява неговите колебания, тя не заслужаваше това разочарование…

Пръстите му на няколко пъти тръгваха да отговарят и се спираха. Беше онлайн, вероятно очакваше отговора му и щеше да го види веднага.

“Доста съм изморен”, написа той, усещайки как се мрази за това, което пише. Така му се искаше да добави нещо, с което да ѝ каже, че изминалата нощ е била едно от най-прекрасните изживявания, които е имал през живота си…

“Разбирам”, отговори веднага Лили. “Снощи беше изтощителна нощ”.

Искаше да говорят за снощи. Той се забави малко преди да отговори. Отиде до дивана, седна там, погледна си телефона, повъртя го из ръцете си. После стана, отиде до прозореца и погледна към улицата долу. Цареше оживление. Час пик - хората тръгваха от работа и се упътваха към спокойствието на техните домове, където ги чакаха любими хора…

“Да, така е”, написа безлично Камен и още по-безлично добави. “Имам нужда да се наспя”.

“Да, всъщност и аз”, след малко добави Лили. ”Лека вечер ти желая”.

Камен се взря в телефона, понечи да напише нещо, но в миг само го запрати с все сила към дивана. Капачето и батерията се разлетяха настрани. Без да им обръща внимание, застана и изрита с все сила дивана. Трябваше да си купи боксова круша.

Само за дванайсет часа, Лили беше успяла да стигне до върха и после до дъното. Предишната нощ беше като един мираж, като събъднат сън. Не си спомняше някога през живота си да се е чувствала толкова добре с един мъж. Сякаш в момента, в който поглеждаше очите му и всичко друго изчезваше. Забравяше за проблемите, за лошите неща в живота, за миналото, за бъдещето, искаше да живее само тук и сега. Беше се чувствала като у дома си, когато заспа, сгушена в прегръдките му. За съжаление, имаше ранна среща в полицията в осем и тридесет във връзка с обира и трябваше да стане рано, за да има време да се прибере и да се преоблече преди отново да излезе. Не ѝ даде сърце да го събуди, само му помаха, докато той ѝ отговори в просъница и излезе. В полицията всичко мина добре, казаха ѝ, че са по следите на хората, обрали магазина ѝ, знаеха ги поименно, знаеха още няколко магазина, които са обрали. В момента бяха излезли извън града, вероятно и извън страната, но очакваха, че скоро ще се върнат за следващия си "удар" и се организираха, за да могат да реагират и да ги заловят на място. Да, денят ѝ започваше добре. Лили се движеше с усмивка. Въпреки недоспиването, усмивката ѝ помагаше да разрешава с лекота всички въпроси. Камен не се обаждаше и тя реши да го добави във Фейсбук около обяд. Не беше активен. Реши, че няма да го притеснява и само му изпрати съобщение. Поглеждаше си телефона през няколко минути, но отговор нямаше. Малко по малко въодушевлението ѝ започваше да се изпарява и да освобождава място за нарастващо притеснение. Сутринта беше така сигурна, че той е толкова впечатлен от изминалата нощ, колкото и нея, че желанието му да продължат е поне толкова силно, колкото и нейното. С всяка изминала минута сигурността ѝ намаляваше, докато в пет следобед вече се чудеше на какво ли се е дължала тази нейна сигурност. Когато все пак той отговори, сърцето ѝ подскочи от надежда. Само за да спре след като прочете отговора му.

Пожела му приятна вечер и хвърли телефона в чантата си. От замаха чантата ѝ се помести от тезгяха, претъркoли се и всичко с трясък се изсипа от нея. Телефонът се разпадна на три части, които се разлетяха по пода, заобиколен от монети, портмоне, документи и други дреболии.

Лили изруга и коленичи да ги събира. Каква глупачка беше само да си мисли, че нещо се беше променило! Нямаше защо да го обвинява. Камен от самото начало беше казал, че иска само секс от нея. Тя сама го беше потърсила, сама му се беше предложила, а той просто беше взел това, което тя му беше дала. И той за една нощ се беше наситил. Беше паднала в леглото му по най-глупавия начин, без дори да го накара да положи малко усилия, за да я свали! Дори не знаеше нищо за него, освен че живее в маломерен апартамент и че работи "нещо" във "Великов груп". Ако не беше настояла предната вечер, нямаше да знае дори и фамилията му. Как беше успяла да допусне да бъде така заслепена? Може би ревността, която изпитваше, като се разнасяше пред очите ѝ с Маша, я караше да действа нелогично? Просто трябваше да се вземе в ръце. Светът не почваше и не свършваше с Камен Георгиев! Беше допуснала грешка, вероятно все още разстроена от нелепия завършек на двугодишната им връзка с Андон. Сега просто щеше да се наспи, а от утре да вземе живота си в свои ръце...

С отривисто движение отвори вратата на колата и се хвърли вътре. Потегли рязко и натисна копчето за включване на радиото. Вървяха някакви балади, които я изнервиха още повече. Смени радиостанцията. Метъл. Да, по-добре така. Даде газ и се отправи без сама да знае къде. Ръцете ѝ се бяха вкопчили във волана, сякаш искаха да го счупят, а зъбите ѝ бяха стиснати до болка. Нямаше да се остави да страда! Беше прекарала нощта с него, защото такова беше нейното желание, защото искаше да удовлетвори собствените си страсти. В крайна сметка, и тя беше нормална, пълноценна жена и отдавна не беше прекарвала нощ в обятията на мъж. Хората непрекъснато се впускаха в такива връзки за една вечер, защо и тя да не може? Ето, дори и майка ѝ го беше направила. Дори бе успяла да отгледа дете след това и да забрави за баща му... Щеше да го забрави, трябваше да го забрави... Нищо, че тялото ѝ още тръпнеше от сладката болка, напомняща ѝ за преживяното. Той щеше да остане просто един непознат...

Детето се впусна след топката си в последния момент. Лили инстинктивно скочи върху спирачките и изви волана. Гумите изсвистяха, колата се завъртя и потегли в неконтролируема посока. Чу като в просъница гробовния звук на други спирачки. Обляна цялата в студени тръпки, Лили направи отчаян опит да възстанови контрола върху автомобила. Усети как колата се блъсна в нещо и само стегнатият колан я предпази от това да се удари сериозно в прозореца. Ударът намали силата на движението и след малко колата спря, качена върху бордюра, на милиметри от електрическия стълб.

Детето! Почти в несвяст, Лили разкопча колана и изхвърча от колата. Момченцето стоеше на средата на улицата вцепенено и стискаше топката си. Още една кола беше спряла почти в насрещния бордюр. Лили изтича и го прегърна:

- Миличко, махни се от пътя! - сама не знаеше от къде събра сили да изрече това и да го издърпа встрани. - Хайде, вземи топката и отивай!

Детето я послуша и сковано се разбърза по тротоара нанякъде.

- Добре ли сте? - приближи я някакъв човек, явно шофьорът на колата, която беше спряла от насрещното като беше видяла делириума на нейната. - Доста сте бледа.

- Да, да, добре съм - Лили се облегна на колата. Всичко се

въртеше около нея. - Малко се стреснах.

- Имате ли нужда от помощ? - мъжът мина и огледа колата ѝ. - Струва ми се, че гумата се е спукала и джантата е изкривена от удара в бордюра.… Да Ви помогна със смяната на резервната?

- Благодаря Ви, но ще трябва да се обадя на застрахователя. Наистина много Ви благодаря, но няма нужда.

Човекът се поколеба, но кимна и се оттегли към колата си. Лили влезе на шофьорското място и посегна към телефона си. Радиото още звучеше с пълна сила. Лили разпозна песента. Прочувствената певица Лара Фабиан пееше на френски Je t'aime. Обичам те. Ръката ѝ се разтрепери и преди да успее да започне разговора, тя избухна в ридания.

ДЕСЕТА ГЛАВА

Лили се надяваше, че времето ще ѝ помогне. Беше минала цяла седмица, откакто за малко да направи жестока катастрофа, унесена в мислите си. Цяла седмица, в която Камен се беше спотаил и не продумваше. Някак си се удържаше и тя да не продума. Всеки ден се взираше в светещото кръгче във Фейсбук месинджъра. Всеки ден опитваше (може и „понечваше") да започне разговор. И всеки ден се отказваше. Не спеше добре, не можеше да се храни. Под очите ѝ се появиха тъмни кръгове, лицето ѝ изглеждаше изпито, имаше чувството, че кокалите ѝ се очертават под всяка дреха, която слагаше.

- Лили, ще се съсипеш, момиче! - подметна Маша, скрита зад щанда, докато броеше някаква стока.

- Какво искаш да кажеш? - стегна се Лили.

- Не мога да разбера за Андон ли страдаш толкова? И какво има да страдаш? Ако ти е толкова тъжно, то сигурно трябва да престанеш да се дърпаш от него, явно наистина го обичаш.

- Глупости - изсумтя Лили.

- Или не е Андон? - Маша се изправи иззад щанда и я погледна, като в очите ѝ просветна любопитство.

- Защо си решила, че става въпрос за мъж? И защо изобщо си решила, че нещо ми има? - тросна се тя.

- Мъж е, мъж е, не на мен тия - подсмихна се Маша. После изведнъж стана сериозна. - Да не би да е Мосю льо Пиер?

- Маша, стига вече, почват да ти хрумват невероятни неща!

- Ами да - подскочи Маша, - как не съм се усетила досега? Онази вечер в бара между вас прехвърчаха такива искри, че можехте да подпалите цялото заведение! Докато схвана за какво беше целият този безсмислен разговор върху филма... А аз, глупачката, се чудя защо този човек така упорито ме отблъсква.

- Маша, въобразяваш си!

- Трябваше да се сетя по-рано. Виж ти какво се разигравало под носа ми, а аз да не се усетя! Не е било само изпращане до вкъщи май, а? - Маша продължи да нарежда в същия дух, а Лили имаше чувството, че вече ѝ става лошо.

- Не, не беше! - почти извика Лили.

Очакваше Маша да се ядоса, а за нейна изненада тя се разсмя с пълно гърло.

- Виж ти, май нашата Лили този път наистина е влюбена! Ох, извинявай, че се смея. Може би все пак първо трябва да започна с това, че наистина се радвам за теб и че интересът ми към този мъж никога не е бил нищо повече от повърхностен. Дори трябва да ти призная, че няколко пъти излизах с един човек, на който той не може да стъпи и на малкия пръст... Но не сега за това! Разкажи, разкажи, какво се случи?

- Няма нищо за разказване - упорстваше Лили, въпреки че знаеше, че Маша твърде добре я познава и няма да успее да я заблуди. - Добре, признавам, че се случиха някои неща, малко се увлякохме на моменти, но...

- Но?

- Изобщо няма къде да се намесва тук любов. И изобщо няма какво да се говори по въпроса!

- Успял е да те нарани? Копеле такова!

- Не ме е наранил! - повиши отново тон Лили. - Не може да ме нарани някой, когото почти не познавам. Да, признавам, че така се стекоха обстоятелствата, че се оказахме няколко пъти неволно в момент на близост. Случва се на всекиго, особено в момент на стрес. Няма защо да му отдаваме такова значение.

Маша се вгледа изпитателно в нея.

- Даа, ти наистина си влюбена! Виж сега какво, един съвет от мен. Абсолютно безсмислено е да си седиш тук и да си линееш по него. Отивай при него и изисквай! Той изглежда е от мъжете, от които трудно може да очакваш инициатива. Вдигаш се, отиваш при него и изискваш да поеме отговорността за това, което е направил или не е! А, и да не забравиш, че другата седмица сме канени на официалната церемония по връчването на наградите "Достоен гражданин"! До тогава да си оправила тази физиономия!

Лили поклати глава. За нейно щастие в магазина влезе клиент и тя имаше основание да прекрати разговора. Думите на Маша обаче я бяха жегнали по-дълбоко, отколкото си признаваше. Трупаните в продължение на седмица емоции направо я изстреляха към офис сградата на "Великов груп" още в ранния следобед, когато Маша пое смяната зад щанда.

Застана на портала и с нетърпящ възражение тон заяви:

- Моля да извикате Камен Георгиев, въпросът е спешен!

Очилата на портиера паднаха на носа му и той я изгледа недоверчиво над тях.

- Да извикам кого?

- Не ме ли чухте добре?

- Камен Геор... - гласът му затихна. - За кого да предам?

Лили го изгледа накриво. Боже, какъв респект към работниците имаха тези хора!

- Казах, че въпросът е спешен, няма значение кой точно го търси. Няма да му отнеме много време!

- Не мога да го извикам, без да кажа Вашето име.

- Лара Фабиан - изстреля Лили без да мисли. Името на френската изпълнителка беше първото, което ѝ дойде наум.

Очилата на портиера сякаш се смъкнаха още по-надолу. Той затвори прозорчето и се обърна на другата страна да говори.

Лили потропа нервно с крак, чудейки се с кой акъл беше дошла тук. Можеше да се свърже с него по толкова други начини - да му пише във Фейсбук, да му се обади по телефона, дори да отиде у тях. Вътрешно обаче беше сигурна, че ако му даде и най-малката възможност, той щеше да откаже да разговарят. А имаше няколко неща, които просто трябваше да му каже, преди те да я разкъсат!

- Моля, изчакайте тук! - портиерът ѝ посочи малкото фоайе зад бариерата на портала.

Лили пристъпи навътре. След малко насреща ѝ се появи младо момиче в строг костюм и се упъти право към нея.

- Елате с мен! - каза ѝ тя с почти заповеднически тон.

Макар и изненадана, Лили машинално я последва. Пътуваха в асансьора мълчаливо. Вратите се отвориха и тя се озова в неголям коридор с няколко саксии с високи цветя. Момичето сухо кимна към едната врата:

- Господин Великов Ви очаква.

- Г-господин Великов ли? - заекна Лили и забави следващата си крачка.

- Господин Камен Великов, нали с него имате среща? - момичето се обърна, погледна я строго и натисна дръжката. - Насам, заповядайте!

Преди Лили да се е осъзнала, я въведоха в просторен кабинет. Вратата се затвори зад нея и Лили остана втренчена в диванчето, посетителската маса и работното бюро.

Няколко секунди, които ѝ се сториха цяла вечност, всичко беше застинало. После бюрото изведнъж се размърда и иззад компютъра се изправи висока фигура. Високата фигура точно на човека, когото търсеше. Не можеше да се каже кой от двамата е по-изненадан.

- Лара Фабиан, значи... - очите му я пронизваха.

- Камен Георгиев, значи… - Лили се насили да срещне погледа му и да му устои. - Май обичате често да се забавлявате под прикритие сред простолюдието, господин Великов...

Той присви очи.

- Не знам на какво дължа честта за това посещение, но заповядайте, мадам Фабиан, седнете - посочи той с жест диванчето.

Лили наистина имаше нужда да седне, така че не възрази на поканата му. Беше си представяла нещата по съвсем различен начин. Очакваше, че ще извика един обикновен работник в обедната му почивка за обяд и ще го притисне да поговорят откровено за това, което се беше случило между тях, за да го изясни и сама за себе си. Сега стоеше в директорския кабинет на най-голямото предприятие в града и на едно от най-големите в страната и сякаш устата ѝ беше запечатана.

- Да предложа кафе? - Камен изглежда беше решил да се държи като любезен домакин.

- Не, благодаря. Не съм дошла да пия кафе.

- А да… ? - попита той въпросително.

- Всъщност, мисля, че няма значение - едва седнала, Лили скочи обратно. - Трябваше да проведа един разговор с Камен. С Камен Георгиев. Съжалявам, че Ви обезпокоих, господин Великов.

- Чакайте, чакайте, не бързайте толкова - той я хвана за ръката и с лек натиск я върна обратно на дивана. - Мадам Фабиан, щом сте дошла чак до тук, не можете да си тръгнете без поне една песен.

Допирът на ръцете им беше като взрив. Макар да я беше пуснал, още усещаше огъня на дланта му върху своята. Тя несъзнателно разтърси ръце, сякаш да ги охлади.

- Да пея за вас? Нещо сте в грешка, господин Великов, не изпълнявам концерти по желание.

- Това ли дойдохте да ми кажете? - Камен изглеждаше искрено изненадан.

Идваше ѝ да му удари един.

- Това ли дойдох да кажа? - Лили скочи отново. - Не, друго дойдох да кажа. Дойдох да видя дали наистина това, което помня, е истина. Дойдох да видя дали човекът, когото помня и човекът, който даже няма смелостта да срещне другия в очите, са едно и също лице. Дойдох да видя дали лицемерието и използвачеството са Ви вродени или просто понякога създавате грешно впечатление.

- Хм, така значи... - Камен се отдръпна крачка назад и се облегна на бюрото си. - И какво видя?

- Видях, каквото ми беше нужно - изведнъж всичко натрупано изригна в нея и тя не можа да се сдържи. - И това ли беше част от малката Ви игричка, господин Великов? Изобщо не мога да разбера кому беше нужна цялата преструвка? Обвиненията, че съм била неблагодарна? Театрите пред приятелите и роднините ми? Пред кого играехте и пред кого се доказвахте?

- Престани да ми говориш на вие! - изсъска Камен. Остана на същото място, но една вена запулсира на врата му. - Не съм с нищо по-различен от човека, когото познаваш.

- Познавам? Кого познавам? - извиси глас Лили. - Та аз дори не знам кого познавам! Ти си най-долнопробният лъжец, когото съм срещала!

- Не съм те лъгал... - тихо започна той.

- Не си ли? А кой говореше сладки приказки, докато постигне целта си и после изчезна? А кой си криеше името? - Лили с жест обходи кабинета му. - Изобщо нямах представа за това кой си до преди минути! И това беше съвсем съзнателно заблуждение от твоя страна!

- Мога да обясня...

- Не искам обяснения! Вече нищо не искам от теб. Едва не затрих себе си и едно невинно дете, заради човек, който видимо изобщо не го заслужава....

- Какво искаш да кажеш? - той отново пристъпи напред към нея.

- Нищо, няма значение - махна с ръка Лили.

- Какво е това дете? - ръцете му хванаха нейните и той се взря настойчиво в нея.

Тя се спря за момент и осъзна какво я питаше той.

- Не е наше, не се безпокой. Не съм чак толкова глупава, мога да взема елементарни мерки преди да се впусна в секс с непознат! Не забравяй, че аз самата съм плод на такава авантюра и честно казано, не бих искала да причиня това страдание и на детето си!

Той преглътна, но не каза нищо. Очите му бяха потъмнели и се взираха в нея неразгадаемо.

- Лили, защо дойде?

- Дали не е по-правилно да попитам защо ти не дойде? - засече го тя.

- Виж - той не издържа и сведе поглед към обувките си - знам, че се забавих много. Имах намерение да ти се обадя и щях да ти се обадя, но ме затрупаха доста работни проблеми - сам осъзна, че звучи като плоско и сухо оправдание.

- Кога щеше да се обадиш? Най-вероятно днес? Сигурно си имал намерение да ме поканиш да обядваме заедно? Камене, знаеш ли колко добре познавам този тип хора, изобщо не можеш да ме изненадаш...

- Лили, не съм ти обещавал нищо… - кой знае защо, започваше все повече да се чувства като ученик, изправен до стената да отговаря за последиците от действията си.

- Не съм искала да ми обещаваш нищо! - Лили го погледна право в очите. - Ако съм влязла в леглото ти, то е било защото аз самата съм го искала, а не защото съм разчитала на твоите обещания. Смятах, че... наистина няма значение какво съм смятала. Явно съм имала доста погрешна представа за теб. Като се почне от това кой си и се стигне до това какъв човек си.

Лили решително се изправи и се упъти към вратата.

- Виж, господин Велики, не ти знам игрите и какви са техните цели. Не ме и интересуват. Благодарна съм ти за това, че се оказа до мен в момент, в който имах нужда от помощ, но мисля, че вече платих за това.

- Лили, стига глупости - в очите му проблесна опасно пламъче. - За никакво отплащане не може да става дума…

- Приеми го като плащане, ако искаш го оцени и в пари. Не желая повече да ти бъда длъжна и вече се чувствам изплатила дълга си.

- Ако споменеш още веднъж думата пари, наистина ще се ядосам - ръката му отново сграбчи нейната в желязна схватка. - За последен път казвам, че никога нищо не си ми дължала и това, което се случи между нас… - гърлото му изведнъж пресъхна и се наложи да се прокашля и да навлажни устни с език, за да продължи -… се случва често, когато мъж и жена се срещнат. Няма нищо общо с благодарност и задължения.

- Често, значи? Значи често ти се случва да срещнеш жена на улицата, пардон, в магазина и после да прекараш някоя нощ за забавление с нея?

- Пак изкривяваш думите ми…

- Достатъчно, няма смисъл да говорим повече. Извинявам се, че Ви отнех толкова време, господин Великов. Обещавам повече да не Ви безпокоя. Оставям Ви в ръцете на следващата случайна улична среща - само внимавайте, не се разхождайте с костюм по улицата, да не би да Ви познаят!

С тези думи Лили се измъкна навън и почти изтича към стълбите. Знаеше, че има асансьор, но не й се рискуваше той да тръгне след нея. Този път вече знаеше, че това е краят!

*****

- Лили, изглеждаш невероятно! Трябва по-често да носиш вечерни рокли! - Маша беше съвсем искрена във възхищението си.

- До теб всички бледнеят - засмя се Лили.

- Тази вечер ще бъдем гвоздеят на вечерта, всички камери ще бъдат обърнати към нас, ще видиш! – Маша театрално завъртя полата на впечатляващата си червена рокля. - Червено и черно!

- Ох, така не ми е до светски събития!

Лили се смръщи, докато внимателно сядаше в колата на Маша. Черната прилепнала рокля я правеше да изглежда различна - женствена и елегантна, но в същото време крехка и уязвима. Чувстваше се обаче много странно в тази дреха, която така подчертаваше формите ѝ, а и с толкова сериозно количество грим. Сякаш се гледаше отстрани и виждаше не себе си, а някакво нарисувано свое подобие. Знаеше, че видът ѝ ще привлече погледи, а това я караше да се чувства малко неудобно. За разлика от нея, Маша просто цъфтеше във вечерния си костюм.

- На кого изобщо му хрумна да кани и нас на празнуването на годишнината на радиото и на наградите "Достоен гражданин"?!

- Аз ще ти кажа на кого - усмихна се Маша, внимателно завъртайки ключа с изящния си маникюр. - На директор рекламата, разбира се, или с други думи, небезизвестният наш приятел Денис.

- Маша, ти ли уреди тази измислица?! - Лили ѝ хвърли поглед, изпълнен с отегчение. - Знаеш колко много мразя подобни събирания!

- Хайде, хайде, откакто се скарахте с Мосю льо Пиер, съвсем си се замонашила, трябва малко да излизаш!

- Не съм се карала с никого и не съм се замонашвала, просто никога не съм обичала подобни светски прояви - Лили се загледа в ноктите си. В чест на събитието беше и със специален маникюр. Не беше казала на Маша нито за посещението си във "Великов груп", нито за откритието кой всъщност е техният мистериозен "Мосю льо Пиер". Вече три дни събираше смелост и три дни не можеше да отлепи устата си да говори, като стане въпрос за него.

- Ама никога не си можела да лъжеш, всичко ти се изписва на лицето, мила моя - Маша с деликатен жест смени скоростите и свойски ѝ намигна. - Ще си кажеш като си готова, аз не бързам.

- А ти за кого си се "барнала" тази вечер? - опита да смени темата Лили.

- Не за твоя Камен, спокойно - разсмя се отново Маша. - За който хване. От него ще стоя далеч.

- Ох, стига вече - смръщи се Лили. - Мятай се на врата на когото си искаш, какво ме нарочи с тоя гаден използвач?

- Гаден използвач? - в гласа на Маша внезапно прозвуча любопитство.

- Добре, че поне тази вечер няма да ме занимаваш с него, надявам се. При наличието на толкова много стегнати в костюми и ризи мъже наоколо - завъртя темата Лили.

- О, аз определено ще си поизплакна очите - Маша паркира пред голямата градска зала. - Хайде, да видим колко камери ще ни отразят как влизаме!

За ужас на Лили, Маша беше права. Пред залата имаше репортери с фотоапарати и камери, които започнаха да ги снимат още щом отвориха вратите на колата. Нямаше представа кой би се интересувал от новина за това как нейната особа отива на някакво си досадно тържество, но знаеше, че се чувства като филмова звезда на червения килим. Вдигна високо глава и се опита да не гледа около себе си, а да влезе възможно най-бързо в залата.

Когато влезе, изведнъж осъзна, че има много повече хора, отколкото беше очаквала. Сякаш целият град се беше събрал на едно място. Незабавно ги наобиколиха познати хора, наложи се да се здрависва и да води светски разговори. Ласкаеше я единствено мисълта, че бяха преценили техния бизнес като един от важните за града и я бяха удостоили с покана за събитието. В момента, в който го осъзна обаче, си даде сметка и че едва ли има спор кой бизнес е най-важният за града и чия фабрика дава хляб на половината му жители…

Не искаше да го среща, но не можеше да спре очите си да оглеждат тълпата. С когото и да говореше, погледът ѝ непрекъснато отскачаше към входа на залата. И като го видиш да влиза, какво ще се промени? Нима това ще промени факта, че те е използвал като носна кърпичка и те е захвърлил, след като вече те е опитал и няма интерес към теб? Нима ще промени факта, че те подведе и излъга? Стисна зъби и се усмихна мило на позастаряващия водещ на сутрешния блок, който упорито опитваше да проучи мнението ѝ за проблема с липсата на достатъчно организирани спортни дейности за подрастващите.

- Мисля, че ще се получи много добро интервю, ако дойдете и споделите вашите виждания в едно от моите предавания - очите му непрекъснато шареха от очите до деколтето ѝ.

- Да, бих се радвала - Лили се почуди няма ли как да говори с гръб към него. Съжаляваше, че беше облякла толкова предизвикателна рокля. - Мисля, че...

В този момент го видя. Камен влезе в залата, облечен в строг костюм, а синевата на очите му проблесна от светкавиците на фотоапаратите, насочени срещу него.

ЕДИНАДЕСЕТА ГЛАВА

Сърцето ѝ се сви и пропусна няколко удара, а после заблъска неудържимо. Движеше се с онази грация, която само той владееше. Лицето му изглеждаше приветливо, но не би казала, че се усмихва. Вървеше гордо и спокойно из тълпата, като кимваше на хората, които го поздравяваха. Негодуванието изригна в душата ѝ. Лили се опита да види дали има придружител или по-скоро придружителка на това събитие, но край него имаше толкова хора, че беше невъзможно да прецени с кого е дошъл… Той едва ли я виждаше. Светлините бяха насочени към него и със сигурност го заслепяваха, а Лили беше в един по-тъмен ъгъл. Пък и вероятно изобщо не очакваше да я види тук...

- О, това да не би да е синът на стария Великов? - най-сетне водещият откъсна очи от гърдите ѝ и проследи нейния поглед. - Нима най-накрая е склонил да се покаже пред хора?

Какво си го зяпнала, ядоса се на себе си Лили. Външността лъже. Всички тези хора го зяпаха в захлас, защото не знаеха какво всъщност представлява. Негодуванието отново пропълзя към гърлото ѝ.

- Познавате ли го? - полюбопитства водещият.

- Кой, аз ли? - Лили излезе като от транс.

- С Вас говоря, струва ми се - подсмихна се мъжът.

- Ами срещали сме се в града - смотолеви тя. - Първо дори не знаех кой е…

- Доста хора ми казаха така, да - кисело се разсмя водещият. - Явно е някакъв опит да изгражда около себе си загадъчност, с която да прикрива липсата си на компетентност.

- Липса на компетентност? - дори и при целия яд, който изпитваше към Камен, хвърленото от нищото обвинение я ядоса. -

От къде Вие знаете колко е компетентен?

- Хайде сега, всички познаваме този тип хора. Синчетата на ония, които след смяната на системата, успяха да хванат бързия влак и да се доберат до преразпределените държавни пари. Кажете ми, сещате ли се дори за един от синовете им, който да е успял да продължи бизнеса на баща си? Всичките получиха едни предприятия наготово и не знаеха какво да правят с тях, освен да ги разпродават. В годините, в които нашите родители се чудеха как да ни осигурят храна, за да съществуваме, те имаха маркови дънки и маратонки, уокмени и касетофони. Много от нас не успяха да стигнат до университет, защото нямаше кой да ги издържа, за да учат, а тях ги пращаха директно в елитните университети в чужбина и после им даваха готова работа. Тези синчета са абсолютни боклуци. Те не могат да си вържат сами връзките на обувките, камо ли да управляват бизнес.

- Не можете така лесно да причислявате всички под един знаменател - ядоса се не шега на Лили. - Познавате ли лично Камен Гео... Камен Великов?

- Не ми е нужно да познавам някого лично, за да мога да го преценя. Аз съм журналист, разполагам с доста информация. Говори се, че работел като треторазреден служител в някакъв завод във Франция, откъдето явно са го съкратили, заради некомпетентност... и от немай-къде се е върнал в България, а тати се е видял принуден да го спасява отново, като му осигурява препитание...

Лили усети как започваше да ѝ се повръща. Не желаеше да слуша повече стария досадник. Не знаеше защо ѝ идваше да защитава Камен. Може би защото, ако водещият беше прав за Камен, то това би било върха на нейното заблуждение в хората... Огледа се. Камен не се виждаше вече. Трябваше да намери начин бързо да се отърве от досадника. За щастие, точно в този момент от уредбата се разнесе глас, призоваващ гостите да заемат местата си пред официалната сцена за откриване на церемонията.

- Ще трябва да отиваме към масите, благодаря за приятния разговор - разбърза се Лили и се усмихна престорено извинително.

- За мен беше удоволствие - водещият бръкна в джоба на сакото си и извади визитка. - Обадете ми се да се разберем за гостуването Ви в предаването.

- Да, непременно - Лили грабна визитката и почти се затича. Как щеше да издържи цялата вечер?!

Масите бяха подредени пред сцената и за всеки гост беше отредено специално място. Заоглежда се да потърси Маша и техните места. Намери я в задълбочен разговор с Денис, директора на рекламата, който ги беше поканил на събитието. Изглежда, че им беше трудно да приключат разговора си, въпреки обявеното начало на официалната част. Лили се усмихна. Виж ти, каква била работата... Накрая намери местата им и се запъти към тях. Опитваше се да си наложи да не гледа околните маси, но не можеше да се стърпи. Камен беше важна личност, сигурно беше на някоя от централните маси в близост до сцената. Тя беше по-назад и нямаше добра видимост. Дали той я беше видял? Дали трябваше да му се обади? И как да се държи? Да го поздрави официално? Да спре за размяна на любезности? Стига, Лили! Изобщо няма какво да се занимаваш с него! Няма никакъв смисъл да правиш каквото и да било! Не е нито първият, нито последният мъж на земята! Достатъчно беше само да се огледа, за да види, че не един и двама други мъже проявяват интерес към нея. Начело с досадния водещ на сутрешния блок...

- ... и така, за мен е чест да поздравя първия отличен с приза "Достоен гражданин" - директорът на най-голямото предприятие в нашия град. Господин Великов, моля заповядайте при нас!

Лили забеляза някакво раздвижване около себе си, хората зашушукаха и тогава го видя. Масата, на която беше седнал, беше точно до нейната, но някак го беше пропуснала досега.

- Господи! - чу как Маша ахна до нея, но не ѝ обърна внимание.

Очите му се устремиха към Лили за миг и сърцето ѝ пропусна един удар. Беше само миг, след което той продължи изправено по пътя за сцената. Изглеждаше горд и самоуверен. Тя не разбра дали я беше видял. Прав ли беше водещият? Беше ли Камен наистина един от тези "синчета", които той описваше? Лили трябваше да признае, че нямаше представа за причините, поради които е напуснал Франция, нито пък имаше идея за качествата му на ръководител... Знаеше единствено, че си беше поиграл с нея, забавлявайки се с това, че тя не знае кой всъщност е той. Типично точно за онези синчета...

- ... трогнат съм от милото посрещане – достигнаха до нея думите му. - Аз самият управлявам "Великов груп" от скоро и за момента само по заместване. Вярвам, че призът е заслужен от моя баща, Георги Великов, който е направил всичко, за да бъдат заводите това, което са в момента, да могат да работят и да се развиват, да осигуряват работни места и благополучие на града. Той винаги се е старал да бъде преди всичко насочен към хората и да изпълнява техните искания в максимална възможна степен. Тази награда е огромна чест както за него, така и за мен, като негов син.

Господин Великов е извън града в момента, но ще се постарая наградата да стигне до него възможно най-бързо - той вдигна високо плакета. - Още веднъж благодаря на всички за оказаното доверие!

С лек поклон Камен побърза да слезе от сцената под аплодисментите на цялата зала. Докато вървеше обратно към мястото си, хората го поздравяваха. Когато мина покрай масата, на която седяха Лили и Маша, някой го извика, за да му изкаже поздравленията си. Той се спря. Лили гледаше как всички се изредиха да го поздравяват. Повръщаше ѝ се от толкова лицемерие. Мнението на водещия на сутрешния блок за сина на Великов най-вероятно се покриваше с мнението на повече от половината хора, но всички сипеха ласкателства до небесата. Дойде и нейният ред. Очите му се отклониха към нейните, а веждите му се повдигнаха в едва доловима изненада. Макар и половината ѝ тяло да бе скрито от масата, Лили имаше чувството, че я огледа от глава до пети и направо я разсъблече с поглед. Почувства как червенина плъзва към ушите ѝ и кимна сковано:

- Хубаво е човек да може да се гордее с баща си!

Камен присви очи и мигновено зае отбранителна позиция.

- Така е. Само човек, който е получил награда на името на баща си, може да разбере това.

Лили се сви. Удар под пояса.

- Предпочитам да бъда награждавана за собствените си постижения – отвърна тя и усети как погледите на всички се насочиха към нея и чу няколко изумени ахкания от дързостта ѝ.

- Тогава моите най-искрени пожелания това да се случи един ден - устата му се разля в широка изкуствена усмивка. - Благодаря на всички, приятна вечер!

И той им обърна гръб, направи няколко крачки и стигна до своята маса. В това време водещият призова за внимание, за да обяви следващия награден. Всички седнаха обратно по местата си и се загледаха в сцената.

- Лили! - смуши я Маша и прошепна в ухото ѝ нетърпеливо. - Какво става тук? Ти знаеше ли кой е той?!

Лили поклати глава и само ѝ направи знак да мълчи.

- Това е просто невероятно! Не стига, че е страхотен мъж, ами и се оказва, че е ужасно богат. На всичкото отгоре - влюбен в теб!

Лили се обърна шокирана към нея и шепотът ѝ премина в нисък развълнуван тон:

- Направи прекрасен сценарий за любовен роман, но много далеч от истината! Как можеш да продължаваш да му се възхищаваш след като разбра какъв лъжец е? Не мога да разбера, не те ли дразни това, че те е разигравал толкова време? Ходили сте по кафета и не знам къде още и през всичкото време те е лъгал кой всъщност е?

- Ооо, обичам да ме лъжат така! - прошепна Маша през смях. - За съжаление, обикновено мъжете лъжат точно в обратната посока - правят се на голямата работа, пък накрая се оказват едни прости шофьори!

След официалната част партито премина в коктейл. Алкохолът искреше в чашите, музиката се лееше, хората се събираха на групички, на едно място дори се беше оформил дансинг. Лили се прехвърляше от компания в компания. Двете чаши бяло вино, които вече изпи, намалиха малко напрежението ѝ от присъствието на такова събитие и почти започна да ѝ харесва. Усещаше погледа на Камен дори с гърба си - следваше я навсякъде в залата. Дори не беше нужно да поглежда към него, цялата ѝ кожа беше настръхваше от усещането.

Маша беше изчезнала нанякъде с директора на рекламния отдел в местното радио. Лили стоеше в голяма компания и говореше с единия от наградените граждани - младеж, който с риск за собствения си живот беше спасил семейство с три деца от катастрофирала кола. Младежът им беше редовен клиент, беше фен на даунхил спусканията с колело и най-често купуваше екипировката си от тях. Наред с него имаше още няколко човека, впечатлени от спеченото признание.

- Все си мисля, че дължа бързата си реакция на спорта - обясняваше момчето. - Човек в такива ситуации не мисли, действа инстинктивно.

- Да, но повечето хора биха се паникьосали - отбеляза Лили.

- Може би и аз бих се паникьосал, ако нямах тренинг от спусканията. При даунхила скоростите са високи, препятствията ги виждаш в последния момент и трябва да реагираш мигновено. Малко ако се забавиш и можеш да стигнеш до много лоши последствия...

- Несъмнено ти си един от най-добрите даунхил байкъри, които познавам - изведнъж чу дълбок глас и една здрава ръка потупа момчето по рамото. - Поздравления, Светльо! Много се радвам за теб!

- О, Камене! - грейна момчето, след което изведнъж усмивката му се смъкна и смутено запелтечи. - Благодаря, господин Великов...

- Абе, господин Великов, като ти перна един зад врата - на шега му се скара Камен, но Лили долови някаква горчивина в гласа му. - Аз съм си все същият Камен, с когото си се спускал толкова пъти. С когото направи онази обиколка в Стара планина и с когото заедно носи два часа на гръб Иво до най-близкия път, когато той си счупи крака… Но запомни, момче, това какво работя не ме променя като човек! Аз мога да сменя десет длъжности, ти всеки ли път ще почваш да ми говориш на „Вие"?

Лили внезапно усети, че въпреки че той гледаше към момчето, думите му бяха всъщност насочени към нея. Момчето отпусна широко усмивката си и позволи разговорът да продължи в шеговита и приятелска атмосфера. Думите му изведнъж я жегнаха. Горчивината в гласа му я потресе. Сякаш не само не се гордееше с името си, ами и го болеше от това, че вече не е онзи човек за хората, когото те първо бяха приели за приятел. Обзе я колебание. Дали наистина причината да не ѝ разкрие веднага самоличността си е била само за забавление?

- Даже, мен ако питаш, именно тренингът от спешната помощ при инцидентите е оказал влияние да не се паникьосаш, а веднага да се сетиш как да помогнеш на хората - каза Камен на Светльо.

- Да, сигурно си прав - съгласи се момчето. - Като се замисля, поне четири-пет пъти се е случвало да помагам на приятели при инциденти…

- Имаш ли аптечка в раницата? - запита Лили.

- О, да, не тръгвам без нея. Онзи път, когато моят приятел си счупи крака, се оказах неподготвен. Добре, че тогава беше Камен, който се сети, че можем да пригодим шина от пръчки и имаше бинтове, с които да стегнем и обездвижим крака, както и всичко необходимо, за да третираме раните. Тогава си дадох сметка колко е важно…

- Изглежда сте близки приятели двамата? - любопитството я гризеше. Момчето явно таеше много дълбок респект към Камен.

Двамата се спогледаха и се разсмяха. Лили изпита внезапна завист към близостта им. В същия момент към групичката се присъединиха още няколко души.

- Ето го и моето момиче! - Изведнъж нечии ръце я сграбчиха и тя се оказа притисната до силно тяло, от което трудно можеше да се измъкне.

Разговорът замлъкна и всички погледи се насочиха към нея. Господи, от къде се взе Андон в този момент! Лили отчаяно се опита да се извърти и да се измъкне. Ако нямаше толкова много хора и толкова много камери, сигурно незабавно би му ударила шамар. А сега трябваше дори да се усмихне привидно.

- Андоне! Каква изненада да те видя тук!

- Милата ми тя, извинявай, че те оставих за толкова време, дори не успях да ти се обадя навреме, че се прибирам от Гърция. Мислех, че няма да успея да дойда. - Андон я завъртя в прегръдките си пред очите на всички наоколо. Изненадани от действията му, хората от съседните групички също се обърнаха да видят. - Златното ми момиче! Кажете ми, не съм ли сгоден за най-красивото момиче на света?

Околните избухнаха в овации. Сгоден?! Какви глупости говореше Андон? Как си позволяваше да се появи изведнъж от нищото и да се прави все едно нищо не се е случило?! Всъщност, знаеше как - беше го правил толкова пъти преди! На няколко пъти, когато беше почти решена да се разделят след пиянските му изпълнения, успяваше така да я хване в неудобна ситуация пред публика и да я въвлече в ситуация, от която после нямаше излизане. Тя погледна безпомощно към Камен, но той студено и безучастно наблюдаваше сцената.

- Извинявайте за недоразумението, но ... - Лили се опита да надвика тълпата, но в същия момент устните на Андон затвориха нейните и се притиснаха в тях грубо и настойчиво.

В първия момент Лили застина в шок, в следващия внимателно, но решително, се опита да го отблъсне. Не ѝ се получи обаче. Усещаше, че извивайки тялото си, го предизвиква още повече и създава впечатление повече за страст, отколкото за съпротива. Застина в очакване той по-бързо да прекрати безумните си демонстрации. Андон леко се отдръпна и хвана ръцете ѝ с жест, който изглеждаше нежен, но всъщност я държеше здраво.

- Смятам, че следващото празненство, на което ще ви съберем, ще бъде нашата сватба!

Това вече минаваше всички граници! Или трябваше да направи жесток скандал пред всички, за радост на жадните папараци, или да реагира бързо. Камен продължаваше да ги гледа с хладен и отчужден поглед, със слаба саркастична усмивка и никакво съчувствие. Никой не се осмели да направи забележка на Андон колко е нелепо поведението му. Лили го хвана за ръка и го задърпа настрани.

- Толкова време не сме се виждали, мисля, че трябва да излезем за малко - каза тя мило, но със стоманени нотки в гласа. - Моля да ни извините.

За нейна радост, Андон я последва. Не смееше да срещне погледа на хората, с които говореха досега, засрамена от случката. Къде можеха да се скрият обаче? Лили се огледа. Залата беше пълна с хора, гардеробната беше пълна с хора, дори тоалетните бяха пълни с хора. Фотоапаратите и камерите продължаваха да проблясват и да ловят пикантни моменти от светското събитие... Спря в един ъгъл и го погледна право в очите:

- Какви са тези театри?!

- Лили, миличко - ръцете му сграбчиха нейните и той падна на колене пред нея. - Разбирам, че сигурно си ми много сърдита, че изчезнах така, без да ти се обадя. Мога да ти обясня, моля те, само ме изслушай!

Лили не вярваше на ушите си. Опита да издърпа ръцете си.

- Андоне, всичко между нас свърши! И то отдавна!

- Съжалявам, дали мога някога да ти обясня колко съжалявам? - Дони сякаш не я чуваше. - Наистина се наложи да замина и да остана известно време, без да мога да обяснявам къде съм.

- Дони! - почти извика Лили. - Изобщо не ме интересува къде си ходил, какво си правил. Просто това е край, разбираш ли?!

- Сега си ми ядосана, но ще ти мине. Поне успях да ти купя страхотен пръстен, ще изпаднеш във възторг, като го видиш! - Андон бръкна във вътрешния джоб на лъскавото си сако и извади малка кутийка от там.

Лили усети как ѝ се завива свят. Той понечи да отвори кутийката, но Лили сложи ръка върху ръката му и каза с възможно най-ледения си глас:

- Край!

Направи една крачка встрани от него и се опита да напусне сцената. Ръката му обаче отново я сграби като огромен паяк. Пръстите му се впиха в опънатия плат на роклята ѝ и заплашиха да го разкъсат.

- Къде тръгна?

- Няма цяла вечер да повтарям едно и също... - гласът ѝ обаче прозвуча несигурно. В очите му виждаше отново онзи налудничав блясък, въпреки че видимо не изглеждаше пил, или поне не пиян.

- Никъде няма да ходиш, ти си моя!

Лили отчаяно се огледа. Около тях имаше хора, но дори и да им хвърляха по някой поглед, изглежда никой нямаше да се намеси. Имаше чувството, че си има работа с психично болен човек. Нямаше полезен ход. Ако излезеше със скандал, целият град щеше да втренчи очи в тях. Ако оставеше нещата така, Андон щеше цяла вечер да се държи все едно никога не се бяха разделили. Още повече, вероятно щеше да разтръби пред целия град датата на предполагаемата им сватба!

В този момент забеляза Камен да излиза от тоалетните в другия ъгъл на коридора. Усетила единствената си възможност, впрегна всичките си сили, като само се молеше той да я разбере.

- Камене! Ето ме тук, мили! - развика се тя през коридора. - Отдавна ли ме търсиш?

Камен застина и бавно се обърна към нея с видимо изписана изненада по лицето. Нямаше време за губене. Използва, че Андон също се разсея, изскубна се от него и почти се затича към Камен. Съзнавайки, че поне двайсетина души, които се намираха на няколко метра от тях, са се вторачили в нея, се метна театрално на врата му.

- Моля те, не мога повече да се крия и да търпя набезите на всякакви навлеци! Толкова ми липсваше цяла вечер! - тя залепи лигава целувка върху изненаданите му устни.

Раздвижи се, по дяволите! Не ме излагай! Очите ѝ бяха пълни с молба.

Ръцете му бавно и неохотно обвиха тялото ѝ, сякаш се страхуваха да го докоснат. Устните му леко отвърнаха на целувката ѝ. Тя усети как цялото му тяло потръпна и това резонира в нейното тяло. Господи, колко ѝ беше липсвал! С усилие на волята призова разума да надделее над чувствата. Тя взе ръката на Камен и я обгърна около корема си, като я хвана здраво, за да е сигурна, че той няма да я изтегли. Обърна се към Андон и каза на възможно по-висок глас:

- Андоне, съжалявам, че трябва точно тук да ти го кажа, но нещата между нас не просто приключиха преди няколко седмици, но и вече не съм свободна. Моля те да бъдеш така добър да не ме притесняваш повече.

Лицето на Андон позеленя. Той бавно огледа любопитните вторачени в тях погледи. Цялата му физиономия се изкриви и той процеди през зъби.

- Кучка такава! Алчна кучка! Хвана богатото копеле, а?

Явно нямаше да се разминат без публичния скандал.

- Хей, младеж, мери си приказките - ледено добави Камен и пристъпи крачка напред. Ако преди малко изглеждаше студен и недостъпен, сега изглеждаше направо свиреп.

- Не се мисли за много умен! И теб ще те разиграва до последно, повярвай! Ще ти го играе невинна девица, а после...

Камен се опита да тръгне още по-напред, но Лили стисна здраво ръката му и препречи с тяло пътя му.

- Андоне, моля те да не водим този разговор тук! - с отчаяна молба се обърна тя отново към него.

- Ще ти се умилква, а после ще те държи на разстояние и накрая ще те разкара, защото не смее да си признае, че е просто една фригидна кучка! Не става за нищо в леглото!

- Предупредих те - Камен се опита да се освободи от Лили и да я остави зад себе си. - Трябва ли да повтарям?

- Спрете! Не! - Лили усети, че сцената, която беше чула на главната онази вечер, е на път да се повтори, само че този път пред очите на поне дузина любопитни зяпачи. - Камене, моля те, нека вървим! Андоне, ако кажеш още дума или ако дръзнеш да се доближиш, ще извикам охраната!

Лили сграбчи Камен за ревера и го задърпа към залата навътре. Искаше да се махне час по-скоро от присъствието на Андон. Силно се надяваше той да беше достатъчно умен да не прави повече панаири.

- По-леко, ще ми скъсаш сакото - прошепна Камен в ухото ѝ. - Едва ли с този жест можеш да убедиш някого каква влюбена двойка сме.

- Не сме никаква влюбена двойка - разпалено отрече Лили. После се смути. - Извинявай, вместо да ти благодаря, че за пореден път ме спасяваш от собствената ми глупост...

- Има ли граници тази твоя глупост? - въздъхна Камен и поклати глава.

Ръката му обаче я придърпа по-плътно към тялото му и главата ѝ почти докосна гърдите му. Можеше ясно да чуе развълнувания ритъм на сърцето му. Забави крачка и за момент спряха на едно място. Лили не смееше да вдигне очи към неговите. Не смееше да погледне и към околните. Не смееше да се обърне назад, но видимо Андон не ги беше последвал. Само чуваше шушуканията на хората. Беше сигурна, че сега нейното изпълнение щеше да се превърне в хита на вечерта. Камен я беше прегърнал така, че разговорът им да изглежда като размяна на любовни думи между двама влюбени.

- Мисля, че се преситих да бъда център на внимание тази вечер - промърмори дрезгаво той. - Хайде да си ходим!

- Да си ходим двамата? - колебливо прошепна тя, все още удобно скрита в прегръдката му.

- Освен ако не си променила отново мнението си и не смяташ да се върнеш при годеника си? При онзи предишния, от последните десет минути? И да обявиш отново на всеослушание, че зарязваш новия, тоест стария...?

- Аз... просто.... Всъщност, моята кола е на ремонт и аз дойдох с Маша... Трябва само да ѝ кажа, че тръгвам...

- След като се постара всички погледи да се вторачат в нас, нали не очакваш, че ще те оставя да си тръгнеш сама сега? - Камен я отдели от себе си и сякаш леко се засмя. - Хайде, отивай да казваш чао на когото ще казваш и не смей да ми противоречиш повече, за да не те поставя в още по-неудобно положение от това, в което те постави годеникът ти!

Лили отвори уста да се заяде, но сконфузено замълча. Видя как няколко фотоапарата блеснаха към тях. Трябваше наистина да се махнат по-бързо. Камен продължи деликатно да държи ръката ѝ, докато тя се извиняваше с внезапно главоболие. Знаеше, че е червена до ушите и виждаше как всички кимат снизходително.

ДВАНАДЕСЕТА ГЛАВА

Най-накрая се настани на предната седалка до него. Камен запали и в момента, в който се отдалечиха, тя отпусна уморено глава на облегалката и затвори очи. Имаше чувството, че се е провирала през горящи огнени кръгове, докато стигне до… до мястото, за което само допреди няколко часа си мислеше, че никога не би пожелала да стигне пак! Повдигна малко клепачи и го погледна крадешком. Силните му ръце държаха небрежно волана, а той шофираше с вперен в пътя поглед. Кичур от косата му се спускаше почти над очите, но той сякаш не забелязваше. Ръцете ѝ тръгнаха сами да се пресегнат и да го отметнат, но се отпуснаха обратно в скута ѝ.

- Къде отиваме? - осмели се да наруши мълчанието.

- Да си поговорим малко на спокойствие - през стиснати устни каза Камен. - Струва ми се, че има някои неща, които трябва да обсъдим.

- Но защо излизаме извън града?

- Защото имам нужда от природа след цялата тази суета.

След минута стигнаха. Камен паркира на едно от местата с панорамен изглед към града. Светлините на града красиво блещукаха в краката им и спираха дъха на всеки, застанал в съзерцание над тях.

- Пак ме доведе на прекрасно място! - Лили не можа да сдържи възторга си.

- Красиво е, да. Годеникът ти води ли те на такива места?

- Стига си го наричал така!

- Беше изключително мил в определенията си към теб - той я погледна с присвити очи. - Май си го държала на разстояние, а?

Лили се радваше, че тъмнината ще прикрие изчервяването ѝ. Ако трябваше да бъде искрена, след нощта с Камен, беше разбрала, че сексът с Андон наистина е бил мъчение... Нямаше намерение обаче да му доставя удоволствието да го признае в този момент.

- Не искам да говорим за това.

- Бързичко ти омръзват мъжете, струва ми се... С всички ли стигате до годеж, който разваляш с публичен скандал? - тонът му беше ироничен, но тя усещаше, че не се шегува.

- Точно ти ли ще ми говориш на кого бързо му омръзва?! - подпали Лили.

- Не е ли факт, че преди една седмица беше в леглото ми, а днес бях поканен на сватбата ти?

- Не е ли факт, че за тази една седмица ти ми показа достатъчно ясно, че съм свободна да правя каквото си искам?

- Включително да се върнеш пак при онзи неуравновесен психар? Сама си го търсиш, да знаеш. Може би трябваше да те оставя да видиш най-накрая на какво е способен и да престанеш да си играеш с късмета си!

- Ако не беше минал в този момент наблизо, никога нямаше да се обърна точно към теб!

- А какво щеше да направиш? Да чакаш да те изнасили пред всички камери?

- Стига! - извика Лили.

Камен я сграбчи и я обърна към себе си. Ръцете му стискаха раменете ѝ.

- Лили! - взря се в очите ѝ. - Побърква ме само мисълта, че те докосва, че може да те нарани. Спомням си в какво състояние те намерих тогава там, до дървото. И знам, че положението е сериозно, а ти дори не си даваш сметка колко точно сериозно е. Би могъл да те нарани, дори да те обезобрази. Не бих могъл да допусна, не мога да го допусна да се доближава дори до теб...

Гласът му се снижи до шепот, а устните му бавно почнаха да обсипват лицето ѝ с къси, трескави целувки. Лили притвори очи и усети познатото усещане за излитане от реалността. Оставаха само горещите следи, които той оставяше по кожата ѝ... Не! Съзнанието ѝ се възпротиви. Не можеше да продължава така - да се вживява в ролята на рицар за по една вечер и после да изчезва в света на "богатите", където нямаше място за нея. Лили се отдръпна назад.

- Мисля, че ... - гласът ѝ изневери. Тя прочисти гърло и опита пак. - Мисля, че надценяваш Андон. Някак си съм се опазила жива и здрава край него в продължение на две години. Освен това, както сам видя, това беше постановка. Правил го е и друг път. След случки, в които съм била на ръба да скъсаме, ме е издебвал в магазина пред клиенти, по кафета, по главната или с голям букет цветя, или с някакъв романтичен подарък... Докато всички те гледат, не можеш да му кажеш "Виж се какъв боклук си, махай се от тук".

- Но можеш да кажеш "Ела да се покажем на всички, омръзна ми да се крием"?

Лили се усмихна криво.

- Само това успях да измисля. Все пак трудно можех да обясня защо се мятам на врата ти, след като цяла вечер ме подминаваше като пътен знак.

- Не съм те подминавал. Ти беше тази, която дори не се обръщаше към мен.

- Не е вярно, знаех точно къде си във всяка една минута!

- Това прозвуча почти като любовно признание - засмя се Камен.

- Значи бягай, докато е време!

- Не съм дошъл тук, за да бягам - тихо и нежно промърмори той и протегна ръка към нея.

- А за какво си дошъл, да ми правиш сцени на ревност ли? - Лили не се отдръпна, но и не отговори на ласката му.

- Не прекалявай с очакванията към благородството ми и не забравяй, че съвсем спокойно можех и да те избутам встрани и да те попитам какво, по дяволите, искаш от мен. Още повече, че сега ме въвлече във всички хорски приказки. Сигурен съм, че вече са забравили да се вълнуват от въпроса ще поема ли "Великов груп" или не, унесени в това каква тайна любов се е развивала пред очите им... Освен това ще следят сега дали ще ти подарявам цветя, дали ще излизаме заедно, дали...

Лили се смути.

- Съжалявам, аз изобщо не помислих за това... цялата ми мисъл беше съсредоточена в това как да се измъкна от Андон. Този човек наистина има някакви изблици на сериозна неуравновесеност...

- Няма да те закачи повече. Ако трябва ще отида и за един разговор на четири очи с него.

- Не, не, моля те, недей. Мисля, че сцената тази вечер му беше на-пълно достатъчна. Съжалявам само, че наистина не помислих, че хо-рата ще очакват и утре от теб да се появяваш из града с мен...

- Не си помислила, но и ти самата ще понасяш последствията.

Камен подпря главата си с ръка и разтърка чело с пръсти.

- Ела, нека се облегнем на онази скала - протегна ръка към нея, за да ѝ помогне да върви през неравния терен. Очите му отново възхитено преминаха по тялото ѝ. - Още не съм успял да ти кажа, че изглеждаш прекрасно тази вечер, истинска красота и радост за окото!

- Благодаря! Вечерните облекла са доста неудобни за вечерни природни разходки обаче - нервно се засмя тя, докато се клатушкаше, хваната за ръката му. Трябваше да признае, че комплиментът му ѝ достави невероятно удоволствие.

- Не съобразих, че нощта може да е хладна за голите ти рамене - дланите му ласкаво погалиха раменете ѝ и леко ги разтъркаха.

Нощта беше топла, а и кръвта ѝ кипеше. На лунната светлина можеше да види как блестят очите му, а и всяка една нежна дума, която той произнасяше, направо я разтапяше. Сърцето ѝ биеше силно, а по цялото ѝ тяло се разнасяше сладко очакване. Но не можеше да си позволи, просто не можеше да си позволи ситуацията от преди седмица да се повтори. Да се отдаде на любовта си към него, а той после да я смачка, стъпче и използва, както на него му е удобно!

- Не ми е студено - гласът ѝ не прозвуча толкова рязко, колкото ѝ се искаше. Облегна се на скалата, която още излъчваше топлина, пое дълбоко въздух и изстреля. - Кажи ми, каква игра играеш?

- Точно в момента - тази, в която ти ме въвлече преди малко - засмя се той и погали дланта ѝ с палец.

- Камене, кой точно си ти, какво търсиш в България и защо се занимаваш с мен? - бавно се обърна към него и се постара да остане твърда и решителна в изискването на отговор.

Той не отговори веднага, но посрещна погледа ѝ. Въздъхна.

- Кой съм аз ли? Това ще кажеш ти. Виждала си дома ми, виждала си работното ми място, виждала си велосипеда ми. В тези три неща се заключава животът ми и определят мен самия в последните месеци.

- Добре, разбрах те. А преди тях? - настоя Лили. - Единственото нещо, което си ми разказал за семейството ти е, че родителите ти са били разведени и че баща ти винаги е държал хладилника зареден до горе за гости. Без да споменаваш, че върволицата гости у тях са се дължали по всяка вероятност на това, че от бизнеса му е зависел половината град...

- И ако бях споменал, какво? Как точно щеше да се промени твоето отношение към мен? - беше негов ред да изиска отговор от нея. - Кажи ми, съвсем искрено и точно!

Лили се поколеба.

- Всъщност, не знам. Ако трябва да съм искрена, вероятно щях да приема, че "не си от моята черга" и нямаше да ми мине и през ум да прескоча чисто служебното отношение...

- Сега разбираш ли ме? - той се засмя пресилено. - Една от

причините да отида да уча и работя извън България е, че там не живеех в сянката на баща си. Никой не си слагаше бариери в отношенията с мен, никой нямаше очаквания за това къде ще отидем като излезем, каква кола карам или какви интереси трябва да имам. Когато баща ми ме извика и ме помоли да поема семейния бизнес, му казах, че ще се съглася само при положение, че ми даде гратисен период да опозная хората и бизнеса без те да знаят кой съм. В продължение на месеци се местих в различните отдели като обикновен работник. Исках хората да споделят с мен като с равен какво точно ги тревожи в работата, да видя къде и какво има за доизглаждане. Това, разбира се, беше и начинът ми аз самият да се запозная с производството и дейността на фирмите. Въпреки че съм работил винаги в бранша, все пак никога не съм се интересувал по-специално от компанията на баща ми и не знаех никакви подробности за нея.

- Звучи интересно и логично... И колко момичета заведе в леглото си на шлосер, работник склад или шофьор, за да нямат претенции към това с каква кола ги возиш и в кое заведение ги водиш? - саркастично попита Лили.

- Имаш претенции към колата и ресторанта ли? - Камен искрено се развесели. - Е, ето днес те возя в мерцедеса. А заведението е с особени екстри - директно под звездите.

- Не ми отклонявай въпроса! И в космически кораб да ме качиш, няма да ме впечатлиш.

- Лили, не знам от къде да започна...

- От начало. Просто спри да ме лъжеш!

- Не съм те лъгал. Единственото, което не съм ти казал, е името на баща ми, което така или иначе аз не смятам за съществено. Всичко друго, което се случи - и се случва между нас - си е напълно истинско.

- И понеже е толкова истинско, не намери за нужно да се обадиш нито веднъж, след като паднах в леглото ти? Постигна целта си и престана да те интересува...

- Аз не приемам, че си паднала в леглото ми. - Камен въздъхна и сякаш се опита да препореди мислите си. - Лили, харесвам те и то много. Дори много повече, отколкото самият аз бих искал. Веднъж обаче ти казах и бях напълно откровен - не мога да се обвързвам. На този етап от живота ми, така турбулентен и изпълнен с промени, в който не знам как ще продължи утрешният ден, не мога да изисквам от някой друг да се съобразява с мен.

Лили беше втрещена от обяснението му. Беше очаквала всичко друго, но не и това.

- Струва ми се, че се опитваш да си измиеш ръцете и да ме разкараш по елегантен начин. Излишно се хабиш, аз така или иначе не съм скочила на врата ти, нито имам желание да те обвързвам.

- Не, Лили, не ме разбра - поклати глава той. - Знам какво е да бъдеш във връзка, в която другият да променя постоянно вижданията си за живота си и ти да трябва да съобразяваш твоя живот с него.

- Ако един човек е важен за теб, е повече от нормално да се съобразиш, какво толкова си се хванал за това? - Лили въздъхна. - Значи все пак има жена в дъното. Още не си я преживял?

Камен сухо се засмя. Трябваше да разкаже всичко, явно не го разбираше.

- Любовта ми към нея беше някъде в далечната ми младост. Всичко след това беше изпитание към толерантността ми, към взаимната ни търпимост.

- От града ли е? - Лили не можеше да потисне дълбокия порив на ревност, който внезапно я задуши.

- Аз съм тук едва от няколко месеца, а ти говоря за неща от преди години. Във Франция. В началото бях влюбен и загубен, готов на всичко за нея. На няколко пъти смених работата си, хобитата си, приоритетите си, защото тя внезапно решаваше, че иска да живеем или като бизнес семейство, или като благородници, или като пътешественици... Когато накрая настоя да станем фермери, да продадем всичко и да купим ферма в Южна Франция, просто вече нямах сили. Бях на крачка от стъпка в кариерата си, за която бях работил с години… Беше ми много трудно. Тя ме обвини, че не я подкрепям, че не я обичам. Но аз не можех да се откъсна от всичко и да започна да се занимавам с нещо, от което изобщо не разбирам, само защото това беше поредното ѝ хрумване, което щеше да продължи максимум година.

- Не ти е било лесно, звучи ми като разглезено момиче - насили се да коментира Лили. Беше ѝ толкова неприятно да си представи как Камен е толкова влюбен в някаква префинена французойка, че се оставя тя да го върти на малкия си пръст.

- Добре я прецени. Единичка дъщеря на татко магнат, собственик на верига заводи в нашия бранш.

- Тя отиде ли да живее на село?

- Ха ха, не, разбира се. Но това беше поводът да се разделим. Не за нея обаче искам да говорим сега.

- Тъкмо щях да те питам какво общо има между някаква разглезена богата французойка и това, че ти се опитваш елегантно да ме разкараш?

Камен се оттласна от скалата, направи няколко крачки напред и се взря в светлините на града. После се обърна към нея.

- Лили, аз в момента изпълнявам длъжността директор на "Великов груп". Това обаче е само в този момент. Утре може да реша друго. Живял съм половината си живот извън България. Малко са нещата, които ме задържат тук. Дойдох само заради изричната молба на баща ми, но не съм сигурен, изобщо не съм сигурен, че ще остана. Имам много силни колебания дали мястото и бъдещето ми са в България и в този завод.

Сякаш я проряза нож. Незнайно защо толкова я заболя като си представи той да замине и да не го види никога повече. Тя също се отдръпна от скалата и пристъпи напред. Очите ѝ се замъглиха и светлинките на града затанцуваха под нея. Плановете за живота му бяха неясни, но едно беше ясно - тя не фигурираше в тях. А това говореше достатъчно за отношението и чувствата му към нея. На няколко пъти отвори уста, за да каже нещо, но така и не излезе звук. Изведнъж ѝ стана студено и разтърка раменете си.

Камен се приближи внимателно зад нея и нежно я обгърна, галейки голите ѝ ръце. Сведе глава над нейната, усещаше дъха му в косите си.

- Толкова си красива - устните му се спуснаха по врата ѝ и оставиха гореща диря по кожата ѝ. - Не спирам да мисля за теб. Не спирам да те сънувам... Не ти се обаждах съвсем съзнателно, защото знам, че усетя ли те до мен, няма да мога да стоя настрана. Искам да те целувам пак, цялата, навсякъде... - ръцете му се плъзнаха по прилепналата рокля и леко я притиснаха към тялото му. - Да бъдеш само моя...

- Защо ме измъчваш? - почти проплака Лили. Желанието я обхващаше, съзнанието ѝ се замъгляваше, допирът до него я опияняваше.

- Кой кого измъчва? - целувките му ставаха все по-настойчиви, ръцете му ненаситно изучаваха цялото ѝ тяло. - Толкова усилия положих да стоя настрана, а ти накрая пак сама се хвърли в прегръдките ми.

Телата им се движеха сякаш в някакъв танц, странна омая я обхващаше. Ласките му я разтапяха. Усещаше забързания ритъм на сърцето му, всяко движение на тялото му, всичко в нея искаше да се обърне към него и да му отдаде цялата любов, която бушуваше в нея. Искаше да забрави за всичко, за което си бяха говорили, да се отдаде на момента и да се надява огнените чувства, които изпитваше, да заразят и него. Но знаеше, че ако не успее, това ще я съсипе. С усилие на волята хвана ръцете му и ги спря.

- Камене, моля те - едва пророни тя, - заведи ме вкъщи.

Той откъсни устни от нея и дрезгаво проговори.

- Можем да отидем и у нас.

- Не, не - с усилие на волята Лили се откъсна от него и го погледна в очите. - Остави ме вкъщи. Сама.

ТРИНАДЕСЕТА ГЛАВА

На следващата сутрин телефонът я събуди рано. Главата ѝ тежеше, клепачите ѝ бяха подпухнали - от малкото сън и от сълзите, които не бе успяла да спре и които бяха текли, докато накрая бе заспала от изтощение. Със сънена ръка напипа телефона на нощното шкафче и натисна няколко погрешни команди, преди да вдигне.

- Ало? - нима това беше глас?

- Лилия Атанасова?

- Да, на телефона - тя прочисти гърлото си. Официалното обръщение я стресна.

- Сержант Петров, обаждам се от районното полицейско управление. Искам да Ви кажа, че тази нощ беше извършена акция по залавянето на заподозрените по обира във вашия магазин. Ще Ви помоля да се явите за очна ставка и свидетелски показания в десет часа.

- Но... аз не съм виждала никого? - погледна часовника си, сега беше почти девет.

- Такава е процедурата - и сержантът затвори телефона.

Нямаше друг избор, освен да се надигне от леглото. Дотътри се до банята. Изглеждаше отвратително. Не ѝ се занимаваше с нищо. Толкова време се беше ядосвала, а сега изведнъж си даде сметка, че изобщо не я интересуваше това, че са хванали крадците. Магазинът, нейният живот. От кога беше изгубил значение? Ако утре Камен ѝ кажеше, че тръгва за Франция или за Тимбукту и иска тя да отиде с него, щеше да зареже и магазини, и къщи, и да тръгне, без дори да се замисли. Но той не беше споменал да я иска със себе си...

С малко грим успя да се приведе в горе-долу приличен вид и в десет точно, заедно с Маша, бяха във фоайето на районното.

- Боже, най-накрая са ги хванали! – не спираше да се вълнува Маша. - Не знам как ще ме удържат да не отида да им одера очите собственоръчно!

- Стига, Маша, достатъчно е, че ще си получим загубите обратно, а те ще полежат в затвора.

- Още не мога да си обясня как така полицаите, както бяха толкова незаинтересовани, изведнъж се размърдаха и дори - представяш ли си - ги хванаха!

Едва го беше казала и една висока фигура излезе от най-близката стая и се упъти към тях.

- Камене! - ахнаха и двете в един глас.

- Добро утро, момичета! - въпреки ранният час и затвореното помещение, той носеше тъмни очила. - Аз дойдох преди десетина минути и влязох пръв при сержант Петров. Той ви очаква.

Камен покани Маша да влезе с ръка, а с лек жест обви кръста на Лили докато я въвеждаше в стаята. Направи се, че не забелязва въпросителния ѝ поглед и директно я упъти да седне на посетителския диван и сам се намести до нея. Лили се чудеше какво му става, докато Маша не изглеждаше ни най-малко изненадана. После изведнъж се сети, че всъщност Маша последно ги беше видяла как си тръгват заедно снощи, след публичното оповестяване на връзката им. И за Маша, и за сержант Петров явно нямаше нищо по-логично от това Камен да бъде тази сутрин с нея. Тя беше единствената в недоумение от присъствието му.

- Става въпрос за организирана група, която следим от доста време - говореше сержант Петров с носов тон. Беше възпълен, около петдесетгодишен мъж, който едва се събираше зад бюрото. - Организират акции, обикновено по поръчки, които често идват и извън България. Събират заявки и после атакуват конкретен обект. Имат хора и в охранителните фирми, така че подбират или обекти без СОТ, или с изтекли договори. В случая с вашия магазин са имали голяма заявка от района на Пловдивско за планинско оборудване. Няколко пъти сме били на ръба да ги заловим, но като се покрият в Гърция, комуникацията с гръцките колеги става ужасно трудна. Понякога дори сме подозирали и умишлено саботиране. Но благодарение на господин Великов, този път акцията ни беше успешна.

- На господин Великов? - попита изненадано Маша.

- Той се съгласи да съдейства на полицията, за да организираме фалшива поръчка и да я подадем за изпълнение към групата. От няколко дни ги очаквахме да ударят магазин за компютри и тази нощ успяхме да ги заловим на местопрестъплението.

Пловдив, Гърция, организирана група, СОТ, тази нощ... думите се забиваха като нож в съзнанието на Лили и я започнаха да я побиват студени тръпки. Камен погледна крадешком към нея. Ръката му се приближи към нейната и я покри окуражително.

- Отпечатъците на единия от заловените съвпадат с тези, иззети при огледа на местопрестъплението във вашия магазин - продължаваше да говори сержант Петров. - Знам, че не сте присъствали по време на обира, но процедурата изисква да потвърдите дали познавате тези лица.

Сержант Петров извади няколко снимки и подаде първата на Маша. Маша я погледна и поклати глава.

- Не го познавам.

Лили с трепереши пръсти протегна ръка да вземе снимката. Ръката на Камен стисна нейната. Тя я обърна и кръвта се смъкна от лицето й.

- Да, познавам го - едва промълви тя.

Веждите на сержанта подскочиха нагоре.

- Какво можете да ни кажете за него?

- Н-не много. - Лили имаше чувството, че ще припадне всеки момент. - Казват му Финката. Имаме общи познати и съм го виждала, но не знам всъщност нищо за него.

- Името му е Филип Стоянов, официално безработен. Занимава се с дребна престъпна дейност от дете, арестуван е 2-3 пъти, но се е разминавал досега със сериозна присъда.

Още преди да е видяла другите снимки, Лили вече знаеше какво да очаква. Следващите двама също бяха от компанията на Андон. Усещаше как трепери като лист. Как е могла толкова време да излиза заедно с тях и да не разбере какви са, да не заподозре изобщо? Най-лошото обаче предстоеше и тя го знаеше. Беше останала още една снимка. В момента, в който сержантът я взе в ръцете си, тя усети панически страх и желание да избяга. Завъртя се неспокойно на мястото си, краката й сами се изпънаха в опит да се изправят, очите й почнаха да търсят изхода. Ръката на Камен нежно я натисна към дивана и той тихо прошепна в ухото й:

- С теб съм.

Лили пое дълбоко въздух.

- Господи! - възкликна Маша. - Копеле! Простак! Ще му разкъсам...

- Моля да кажете само дали го познавате - прекъсна я сержантът. - с да или не.

- Да, познавам го - процеди през зъби тя.

- Лилия, Вие?

Не беше нужно да поглежда снимката, за да знае, че там е Андон. Снимката беше от полицейски архив. Андон беше с къса коса и белезници.

- Познавам го - унило произнесе тя и стисна подадената ѝ от Камен ръка.

- Какво знаете за него?

- Излиза, че нищо не знам… - трудно произнесе тя. - Излизахме в продължение на две години, но никога не би ми минало през ум...

- Трябваше да се сетим, Лили, защо ли ти вярвам?! Влюбената глава може за всичко да намери оправдание! - намеси се Маша. - Това копеле винаги се е разхождал в облекло и с коли, несъответстващи на работата му в завода. Държеше се арогантно, приятелите му определено винаги са били противни, изчезваше за разни периоди от време "по работа"... казвах ти аз, че няма каква работа да има работник от завода по такива командировки!

- Това ще бъдат ценни свидетелски показания за нас. Ако успеете да се сетите и за датите на "командировките", също би било ценно за нас. Дали ще мога да Ви помоля да ги подадете като писмени показания?

Лили бавно кимна. В продължение на час двете с Маша писаха ли, писаха. Лили описваше и се мразеше за собствената си глупост и наивност. Извадено и написано всичко изглеждаше толкова очевидно, че чак правеше подозрително твърдението ѝ, че никога не ѝ е хрумнало да се усъмни в него. На фона на чудовищната лъжа на Андон чак се чудеше в какво точно беше обвинявала Камен. А Камен стоеше плътно до нея и от време на време я прегръщаше внимателно или ѝ прошепваше успокоителни думи. Трябваше да признае, че имаше наистина нужда от подкрепата, която той ѝ предлагаше в този момент.

Най-накрая всичко беше готово и тримата излязоха навън пред сградата на полицията.

- Камене, ти си знаел от самото началото?! - обърна се веднага към него Маша. - Изобщо, ти си задвижил цялата процедура?

- Не, не, не точно. - Камен най-накрая вдигна очилата си. Очите му издаваха, че е имал безсънна нощ. - Когато Лили ми каза, че полицаите не се отнасят сериозно към вашия случай, аз се сетих, че баща ми и сегашният директор на полицията са дългогодишни приятели. Като бяхме деца често ни гостуваха и си играехме много със синовете му. Обадих му се, за да проверя какъв е случаят и дали имат надежди за разрешаването му. Разбрах, че само от почерка знаят за кого става въпрос и че от доста време се опитват да ги хванат. Съгласих се да участвам във фалшивата поръчка, като го помолих този път вас да не ви замесват. Организирах няколко хора да подадат едновременно поръчка за определена техника, говорихме и с магазините за компютри и ги чакахме да "клъвнат".

- Но знаеше ли, че това е Андон? - болката и унижението я смазваха, но просто трябваше да знае.

- Не, не знаех - сините му очи я гледаха твърдо и настоятелно. Той не трепна. - Ако имах и най-малко подозрение, щях да бъда много по-настоятелен... Поръчките се подаваха към този Финката. Мисля, че той им е ръководителят. Знаех, че са от града, но наистина не съм допускал, че може да е замесен и този...

- Наистина беше прав, че не съм оценявала правилно опасността от него. Боже, каква глупачка съм! - Лили захлупи лице в ръцете си.

- Как може две години да не го усетим копелето! - разфуча се и Маша. - Хайде ти влюбена-загубена, ами аз? Хем го виждах, че е изтъкан от фалш, виждах, че не му е чиста работата и защо не се усъмних повече?

- Не е вината във вас. Крил се е доста умело. Доколкото разбрах, успели са да пазят организацията си затворена и да не дават информация за дейността си на никого извън нея. Дори другите известни апаши, които шетат в града, били изненадани да разберат.

- А ти кога разбра? - попита Лили.

Камен малко се смути. Погледът му отскочи към Маша, която също го гледаше с интерес. Пристъпи от крак на крак.

- Снощи, докато пътувахме към вас, ми звънна телефонът, ако се сещаш...

Лили се сещаше. Беше сигурно един през нощта. Телефонът му беше звъннал. Той беше вдигнал и каза само "Идвам веднага". Паркира пред тях, набързо се качи с нея до входа на апартамента, каза "Лека нощ" и изчезна. Не каза нищо, а тя не посмя и да попита. После, докато сълзите се стичаха по бузите, съзнанието ѝ развиваше какви ли не сценарии, с участието на какви ли не жени. Но не ѝ беше хрумнало участието на Андон...

- ... беше сержант Петров. Бяха казали, че ще ми се обадят, по което и време да имат готовност с операцията. Моите хора на свой ред трябваше да имат готовност да потвърдят незабавно поръчките си в случай на нужда. Чакахме ги край магазина. Андон го видях чак след като ги арестуваха. Той трябва да е бил от помагачите, защото другите двама се опитаха да влязат в магазина.

- Ти не си спал цяла нощ?

- Докато оправим всички неща, минаваше пет. Прибрах се колкото да сменя вечерния костюм, но не можех да не дойда сутринта...

- Лили, Лили, Андон беше ясен от самото начало, че е боклук, но сега поне уцели десетката. И да не забравите да си купите днешните вестници, сигурна съм, че ще ви има на корица! - засмя се Маша и смигна на Камен. - Аз ще ви оставям, че в магазина цяла сутрин няма продавач. Лили, мога да изкарам и цял ден, ако искаш?

- Не, не, ще дойда в два, както обичайно, ще прегледам заявките от нас първо.

Маша тръгна, а Лили и Камен останаха на кръстовището, точно под знака стоп. Гледаха се мълчаливо. След събитията от последното денонощие емоциите бушуваха неконтролируемо в нея. Лили попиваше с обич всички черти на лицето му, от безкрайните сини очи до леките бръчици край тях, издаващи безсънната нощ, падналия перчем, чувствените устни… Лили протегна ръка и погали бузата му. Наболата брада леко одраска пръстите ѝ. Тя задържа ръката си там, а той се облегна леко на нея и притвори очи.

- Не трябваше да правиш всичко това заради мен… - задавено прошепна тя.

- Трябваше! И още колко трябваше… - той сложи ръка върху нейната, а с другата обхвана кръста ѝ и я доближи до себе си. - Ще се постарая този изрод да чака делото си в ареста, за да не могат никога повече ръцете му да те пипнат…

- Шшт, недей, не искам повече да говоря за него. Не знам как да ти благодаря, как да ти се извиня за всичко, което съм ти наговорила…

- Нека просто те усетя до себе си - той я погледна през миглите на притворените си очи и стомахът ѝ се преобърна. Главата му бавно се наклони към нейната, челата им се допряха едно до друго. Лили затвори очи. Светът отново изчезна, останаха само те двамата като две души, преплетени една в друга. Там, на кръстовището, до знака стоп.

"Тази вечер ще съм зает", пишеше ѝ Камен по месинджъра. Усмивката ѝ веднага се смъкна. Последните дни прекарваха почти цялото си свободно време заедно, а докато не бяха заедно, почти непрекъснато си пишеха. Караха колелета, играеха тенис, или просто се разхождаха и си говореха. Минаваха по центъра заедно, за радост на всички жадни за градски новини. Камен изглежда нямаше нищо против да играе ролята, която тя му бе отредила на вечерта с наградите. Не само нямаше против, но дори държеше да я изпълнява стриктно и всички да разберат това. Същевременно обаче насаме държаха дистанция. Държаха се за ръка, разменяха си кратки целувки, но по негласно споразумение избягваха по-нататъшна близост. Камен изглежда беше решен да ѝ предложи само приятелство, а тя пък просто не можеше да го откаже. Беше ѝ толкова приятно, когато бяха заедно. Разговорите им бяха увлекателни и интересни, а спортните им сблъсъци - истинско преживяване. Лошото обаче беше, че вместо да пази чувствата си, тя усещаше, че се влюбва все по-дълбоко и безнадеждно в него… "Баща ми се връща и организира официална вечеря", добави той.

"Сега ли ще се решава кой ще бъде директорът на "Великов груп"?"

"Хе-хе, не, едва ли ще говорим веднага за това."

"Иска ми се да ти обещая, че до към десет ще съм приключил, но като знам колко е приказлив, не ми се вярва".

"Е, аз ще използвам да пооправя няколко неща вкъщи. На теб късмет."

"Мерси, ще имам нужда."

Лили се прибра рано вкъщи. Имаше да свърши някои досадни неща като да изчисти, да пусне пералня, да подреди. Никак не бързаше, но едва минаваше девет, когато вече беше готова с всичко. Седна пред телевизора и се почуди какво да прави. Прехвърли програмите, нямаше нищо интересно за гледане. Вътрешно ѝ беше напрегнато. Имаше нужда да поговори с някого. Грабна телефона и набра номера на брат си.

- Павка, как си, удобно ли е?

- А, да, Маги тъкмо отиде да се приспиват с бебето. Как си, сестричке?

Заговориха се за ежедневните неща. Той ѝ разказа за новата си работа, а тя му съобщи, че съдът беше решил да задържи Андон в ареста до делото, което за нея беше наистина голямо облекчение.

- Камък ми падна от сърцето. Да ти кажа, доста се притеснявах. Този тип явно е много неуравновесен и като нищо може да реши, че ти си виновна за залавянето му.

- Направо още не мога да повярвам как е възможно да съм била толкова сляпа…

- Няма да бъде много далеч от истината, че в крайна сметка ти си препъни-камъкът в кариерата му - засмя се Павел. - Нямаш представа колко се радвам, че в този момент се оказа този човек, Камен, до теб. Не само те измъкна от лапите му, а и сега е край теб. Поне мога да бъда спокоен…

- Ох, Павка - въздъхна Лили. - Няма нищо успокоително.

- Защо, как вървят нещата с него? Не се ли държи добре с теб? - тя усети как той застана в бойна готовност.

- Не, не, добре се държи. Просто аз… не знам - Лили се почуди, после изтърси. - Ами влюбена съм май.

- Не ме изненадваш - засмя се Павел. - Няма нищо по-хубаво от това. Защо се притесняваш?

- Ами защото той не е влюбен в мен…

- Да-да, да ги разправя на друг тия! Тогава, като го видях в заведението, просто щеше да ме разкъса, а теб така те гледаше, че…

- Да, но… Може би трябва да ти разкажа отначало - въздъхна Лили. Имаше нужда да сподели с някого, да чуе странично мнение.
- Всъщност съм ти разказвала доста… орязана… история на това, което се случи. Знаеш, че в един момент разбрах, че всъщност той не е обикновен шофьор, а е самият директор на "Великов груп". Бях много ядосана, че ме е лъгал до този момент. Не ти бях разказвала обаче какво се случи преди това. Още преди да знам кой е отношенията ни станаха доста близки… Дори прекарах една цяла нощ у тях, а той не намери за нужно да ми каже името си... А след това отказа да се виждаме. Обяснението му беше, че не можел да се обвързва.

- Е, мъжете поначало се страхуват да се обвързват… защо да не може?

- Каза, че е много несигурен в живота си, не знае дали ще продължи да ръководи предприятието на баща си или ще се върне към живота във Франция и не иска да ме ангажира със своя избор.

- Хм, много благородно. Прекалено даже.

- Аз също му казах, че според мен се опитва елегантно да ме разкара. Той твърди, че не е така. И всъщност наистина откакто ми го каза, не спира да ме търси, излизаме заедно постоянно.

- Тогава какво те тревожи?

- Не знам, резервиран е. Постоянно сме заедно, а почти не се докосваме. Само ако има публика наоколо - тогава влиза в ролята на идеалния годеник. Нали знаеш, че заради Андон заявих пред целия град, че сме двойка и той сега като че ли се опитва всячески да го докаже. А най-смешното е, че всъщност не сме.

- Лили, аз съм го виждал все пак само веднъж и то в особена ситуация. Но моето впечатление е, че твоят Камен е лудо влюбен в теб. Видях как отряза Маша, така че е абсурдно да си помисля, че би се преструвал, че има връзка с теб само заради общественото мнение...

- А ако реши да се върне във Франция, какво ще правя аз? - проплака Лили.

- Ако го направи, ще бъде най-големият глупак на света. И ще се разправя лично с мен!

Лили се разсмя. Поговориха още малко и затвори. Разговорът с

Павел я ободри и напрежението ѝ малко спадна. Опита се да гледа някакъв филм по телевизията, но осъзна, че мислите ѝ блуждаят и час по час гледа месинджъра. Камен продължаваше да бъде неактивен. Не се появи онлайн нито към десет, нито към единайсет. Към дванайсет се насили да си ляга, въпреки че някакво червейче продължаваше да я гризе. Нима беше станала дотолкова зависима от него, че не можеше да издържи и една вечер без неговата компания?

ЧЕТИРИНАДЕСЕТА ГЛАВА

Сутринта в девет още го нямаше онлайн. Нито в десет, нито в единайсет. Лили се опитваше да работи, но изобщо не можеше да се съсредоточи. Гледаше си задачите, почваше да работи по някоя от тях, но след малко осъзнаваше, че нищо не е свършила и пак блуждае. Ставаше, нервно обикаляше стаята, гледайки ту часовника, ту компютъра си, после пак сядаше. Към дванайсет реши, че не може да се измъчва повече и звънна на мобилния му. Любезен глас я уведоми, че номерът е изключен или е извън обхват. Ледени тръпки полазиха по гърба ѝ. Стига де, не е длъжен да бъде постоянно онлайн, може пък да е в някоя важна среща и да си е изключил телефона. Само че дори и тя не можеше да си представи коя ще да е тази чак толкова важна среща, която ще го накара да си изключи телефона. А и нищо подобно не беше споменавал. Притеснението я завладя и тя реши да се обади директно в офиса му на стационарната линия.

- Да - вдигна троснат мъжки глас.

Лили се стъписа. Не ѝ приличаше точно на неговия.

- Г-господин Великов търся - заекна тя.

- На телефона - още по-троснато ѝ отговориха отсреща. Гласът определено не беше неговият. По-дрезгав и по-стар... - Какво желаете?

- Аз... извинявайте, май имам грешка - притесни се Лили. - Търся Камен Великов.

- Камен Великов търсите значи... - мъжът сякаш се замисли. - И кой го търси?

- А с кого разговарям? - позволи си да го прекъсне Лили.

- Нали вече ви казах? Великов. Георги Великов. Ще ми кажете ли какво искате и да не си губим взаимно времето? - тя почувства раздразнението в гласа му.

- Аз само исках да се свържа с Камен, тъй като мобилният му телефон не отговаря.

- Не отговаря, да, хм, и на мен не ми отговаря. Можете да пробвате френския му номер, ако ви трябва толкова спешно.

Земята пропадна под краката ѝ.

- Френски номер?

- На мен поне последно ми заяви снощи, че заминавал за Франция. Така че пробвайте, може и да го намерите - гласът му беше изпълнен с огромен сарказъм.

- Да, разбирам, извинете за безпокойството - промълви тя едва-едва.

- За кого да предам, ако все пак благоволи да се обади?

- Лилия Атанасова се казвам - тя усети, че е неучтиво за трети път да не си каже името. - Благодаря Ви, няма нужда да предавате нищо.

- Вие сте Лили? - изведнъж прояви интерес господинът насреща.

- Приятелите ми казват Лили, да.

- Слушай, момиче, хващай веднага телефона и му кажи да престане да се прави на велик, а да идва и да се захваща за работа. Само ти можеш да го вразумиш! Разбра ли?

- Аз? Но как аз? - Лили беше изумена, че старият Великов не само знае коя е тя, ами и изведнъж ѝ заговори с този тон.

- Хващай и записвай, ако не знаеш френския му номер - тонът му не търпеше възражение. Лили чинно записа продиктувания телефон. - Разчитам на теб! Ти си единственият шанс!

Тя бавно затвори телефона и остана да се взира в написаните на листчето цифри. Заминал? Без да се обади? И баща му смята, че тя е единственият шанс той да се върне? Мигаше и не можеше да проумее това, което беше чула преди малко.

Останалата част от деня мина като в сън. Опитваше се да убеди себе си, че нищо толкова не се е случило. Нищо неочаквано, нищо фатално. Както беше живяла до преди месец-два без него, така щеше да продължи да живее и занапред. Но не ѝ се живееше. Всичко ѝ се струваше безсмислено. Листчето стоеше в джоба ѝ, но не виждаше смисъл да набира номера. Щом Камен беше избрал да тръгне, без дори да ѝ каже чао, без ни най-малко обяснение, тя нямаше какво да иска от него!

Тръгна по пътя за вкъщи, този път пеш. Вървеше бавно и унесено. Всъщност, не ѝ се прибираше. Всъщност... тя спря и се облегна на стената на къщата, край която вървеше. Загледа се в ятото птици, които се въртяха по покрива на отсрещната къща. Дали се събираха вече, за да се подготвят да отлитат на юг? Лятото вече преваляше... А Камен беше отлетял дори преди птиците. Беше отлетял и я беше оставил сама да посреща студовете отново... Затвори очи, без да обръща внимание, че минувачите я гледат странно. Нямаше нито сили, нито воля, нито желание да се оттласне от тази стена.

- Хей, Лили? - сепна я глас, придружен от звън на колело.

Отвори стреснато очи. Насреща ѝ стоеше върху колелото Светлин, награденият даунхил колоездач.

- Здравей, Светльо - поздрави Лили и се насили да се усмихне. - Как си?

- Добре съм, тръгнал съм към клуба, тази вечер ще имаме сбирка. Идва ли ти се?

Да ѝ се ходи на сбирка на млади колоездачи? Определено не. Тъкмо отвори уста да откаже и си даде сметка за алтернативата да стои вкъщи и да се самосъжалява. Трябваше да се насили. Колкото и да не ѝ беше до това, сигурно щяха поне малко да я разсеят.

- Всъщност, нямам планове за тази вечер - как можеше толкова да я заболи от произнасянето на тези думи? - В колко се събирате?

- В шест. Може вече да е почнала. Ако искаш, отивай надолу към ресторанта, аз само ще мина да оставя нещо на един приятел и също отивам натам!

Бяха запазили най-скъпия ресторант в града. Изборът ѝ се стори странен, предвид че повечето бяха тийнейджъри, но тя просто кимна и с бавна крачка продължи надолу по улицата, докато Светльо яхна отново велосипеда си и изчезна зад завоя. Познаваше повечето велосипедисти от клуба, въпреки че тя самата не беше член. Основно ученици и млади момчета и момичета. Тъкмо щеше да се освободи от собствените си мисли, обсъждайки техните проблеми.

Вървеше по улицата и си мислеше, че работният ѝ костюм не е най-подходящото облекло за сбирка на велосипедисти, но нямаше кога да... Ако Камен беше тук, сигурно щеше да присъства на сбирката... В клуба го цениха... Не ме интересува! Какво значение има "ако", след "като"? ... Нямаше време да се преоблича. Не ѝ се ходеше до вкъщи. Може би трябваше да си вземе колелото... и да тръгне с него право към Франция!... Лили, престани!

Скоро стигна до ресторанта. Според Светльо сбирката трябваше да е започнала, но в заведението нямаше жива душа. Най-вероятно бяха запазили масите за събитието, а тя изглежда беше първа. Поогледа празното заведение, попита сервитьорката дали тук ще бъде сбирката и след като получи утвърдителен отговор, седна на една от масите и си поръча чаша розе.

Сервитьорката донесе виното с бутилката и я остави на масата, до нея сложи още една чаша. Лили опита да протестира, но й беше казано, че така е поръчано при резервацията. Почуди се, но не каза нищо. След малко сервитьорката донесе и три големи чинии. Едната беше пълна с любимата на Лили салата с морски дарове, а другите със странни, но вкусно ухаещи блюда. Лили отново изви въпросително вежди, а сервитьорката вдигна рамене и изчезна. Лили се огледа. Продължаваше все още да няма никого. Заслуша се в музиката, която звучеше от колоните. Нежна и елегантна. Френска. Разпозна изпълнителката. Бяха я слушали с Камен онази вечер у тях и той й беше разказвал за нея…

Виното изведнъж стана безвкусно и неприятно в устата й. Тя се подпря на лакти, хвана глава в ръце и се наведе над масата.

Когато най-накрая я вдигна обратно, срещу нея стояха най-сините очи, които някога бе виждала.

- Добър вечер! - поздрави с топъл дълбок глас. - Може ли да седна тук?

Тя го зяпна изумено, неспособна в този момент да проговори. Изглеждаше толкова силен, мъжествен, красив.

- Ти… - гърлото й пресъхна, гласът й изневери. - Ти… не си ли заминал?

- Изглеждам ли ти заминал? - усмивката му грееше насреща й, а очите му проблясваха закачливо. - Не разбрах дали може да седна на твоята маса?

- Не съм правила аз резервациите, не знам, да не би мястото да е запазено…

- Остава да рискуваме - той издърпа стола и седна срещу нея.

Лили премигна няколко пъти, сякаш очакваше да се събуди от някакъв сън. Беше някак толкова различен. Сериозен, но сякаш освободен от тежък товар. В очите му липсваха обичайните присмех и недоверие. Ризата му беше небрежно разкопчана, ръцете му седяха спокойно върху масата, устните доволно извити.

- Мисля да похапнем - каза той и се пресегна към чиниите, оставени до платата.

- Дали да не изчакаме и другите? - попита плахо тя, учудена на нетърпението му.

- Другите всъщност… - ъгълчетата на устата му потрепериха закачливо и той доби виновно хлапашко изражение - другите всъщност ми се обадиха преди малко, че са възпрепятствани и няма да успеят да дойдат. Всичките. Дори и на Светльо му се наложило да остане по-дълго при своя приятел.

- Камене! - извика укорително Лили, но изпълнена с внезапно облекчение. - Ах, ти! Какво си направил?!

Камен също се разсмя. Пресегна се през масата, взе нейната чиния и ѝ сипа от изкушенията в платата.

- Знам, че обичаш морски дарове. Мисля, че тук са най-добрите в града!

Стомахът ѝ все още беше свит на топка и не ѝ се ядеше нищо, но все пак се съгласи да опита.

- Мм, наистина са много добри! - призна тя.

- Нали твърдиш, че се опитвам да си спестя от разходи за заведения? Е, този път резервирах цялото заведение само за нас. Да опитаме от специалитетите им, но без цяло ято хора да надзъртат в чиниите ни. И в очите ни. И в душите ни - той се наклони напред към нея и каза с тих гърлен глас. - Исках един път да те изненадам приятно.

Лили усети внезапна тръпка и се взря в него. Идваше ѝ да разроши косата му, както майка ѝ бе правила, когато беше малка и правеше онези детски дяволити пакости, които не можеха да те ядосат, защото повече радваха и разсмиваха.

- Определено успя да ме изненадаш... Аз си мислех, че...

- Че съм заминал?

Колекцията от френски песни достигна до любимата ѝ песен на Лара Фабиан. Още с първите тонове, кожата ѝ започна да настръхва. *D'accord, il existait d'autres façons de se quitter...* Така е, съществуваха много други причини да се разделим... Очите им се срещнаха. Неговите бяха потъмнели и безкрайни. Нейните - очакващи. Ръцете на Камен се протегнаха към нея.

- Искам да Ви поканя на един танц, Лара Фабиан.

Тя се усмихна на обръщението, но объркано огледа празното заведение около тях.

- Заведението е наше, можем да правим каквото искаме. Ще танцуваме ли?

Камен се изправи и нежно я поведе към свободното пространство между масите. Привлече я към себе си с галантен жест. Ръцете му обхванаха кръста ѝ, а нейните се сключиха около врата му. Опря буза в силните му гърди и се отдаде на бавния ритъм.

- Опитах се да тръгна, Лили - тихо каза той до ухото ѝ. - Скарахме се с баща ми. Жестоко. Прибрах се, събрах си багажа, още вечерта намерих първия полет за Париж и резервирах място. Дори писах на някогашните шефове, че се връщам на старата си работа.

Сутринта станах рано, звъннах на шофьора да ме закара до София и потеглихме - двамата се движеха в бавния ритъм, той говореше тихо до косата ѝ. - Мислех, че нищо не ме задържа тук. Пътувах към София... и с всеки изминат километър силата, която ме дърпаше обратно, ставаше все по-силна. Докато накрая стана непреодолима. И в този момент разбрах, че всичко, което ме задържа някъде, е тук. Разбрах, че нямам място обратно във Франция. Разбрах, че моето място е там, където си ти.

Лили беше затворила очи и се бе отдала на усещането. Ако това беше сън, не искаше никога да се събуди.

Je t'aime, извика Лара Фабиан. *Je t'aime*, тихо прошепна в косата ѝ Камен. Обичам те, Лили. *Je t'aime*, извика Лара Фабиан. *Je t'aime*, повтори тихо Лили и вдигна очи към него. Обичам те, Камене.

- Обичам те, обичам те... - шепнеше Лили и усещаше как по бузите ѝ тръгват сълзи.

Устните му покриха нежно сълзите ѝ и се спуснаха към нейните. Поеха ги бавно и внимателно, с тих копнеж и нежност. Той я целуваше с наслада, без да бърза. Тялото му се беше прилепило към нейното в съвършена хармония. Сякаш всяка извивка беше създадена така, че да пасне с другото тяло. Той откъсна устни, за да прошепне:

- Не знам кога се влюбих в теб. Знам, че още след първия път, в който те видях, ти превзе сънищата ми. И всичките ми опити да стоя настрана от теб се оказаха безсмислени.

- Камене, когато си мислех, че си си отишъл, светът сякаш беше свършил за мен - призна Лили и погали с обич косата му. - Не мога да заповядвам на сърцето си, то иска своето... Иска твоето...

- Ето го, давам го. Цялото - Камен хвана дланта ѝ и я постави върху сърцето си.

Лили усещаше силните удари.

- Толкова ми липсваше да те прегръщам и целувам през тези седмици - продължи Камен. - Беше истинско мъчение, да бъдеш толкова близо и толкова далеч...

Устните му се спуснаха с по-голяма настойчивост върху нейните и тя веднага усети как запали огъня и в нея. С жажда и копнеж отвърна на целувката и ръцете ѝ се впуснаха под ризата му. Само за миг изгубиха представа за времето и пространството.

- Камене - дрезгаво го помоли тя. - Сервитьорките...

Той с неохота се откъсна от нея, като дишаше тежко. Притвори очи и се опита да успокои бързия ритъм на сърцето си.

- Палиш ме за секунди...

- И ти мен... - тя го погледна в очите. - Камене, не ме интересува миналото, не ме интересува бъдещето. Искам да бъда с теб сега, в настоящето.

- Лили - Камен пое дълбоко въздух и я погледна сериозно. - А мен ме интересува. Аз искам да бъда с теб винаги - и в настоящето, и в бъдещето.

Нещо запърха в сърцето ѝ, но тя премигна невярващо. Той бръкна в джоба си и извади нещо малко, което остана скрито в шепата му.

- Лили, не съм на възраст, в която една връзка се изчерпва за мен с няколко излизания и тук-там по някоя открадната нощ. Когато давам нещо от себе си, давам всичко. И когато искам нещо, искам всичко.

Отвори шепата си и извади от нея малка кутийка. Отвори я и вътре блесна красив елегантен пръстен. Коленичи с единия крак и лицето му застана на нивото на нейното.

- Лили, ще споделиш ли живота си с мен?

Широка усмивка затрептя по устните ѝ, а очите ѝ се навлажниха. Хвана ръката му и нежно го накара да се изправи.

- О, Камене! Не съм си и мечтала дори… - промълви тя. Очите му я гледаха въпросително и очакваха отговор. - Да, да и пак да!

Той взе пръстена и внимателно го сложи на пръста ѝ и запечата мястото с целувка. Целуна всичките ѝ пръсти един по един, след което я прегърна нежно.

- Надявам се няма да решиш да развалиш и този годеж след половин час с публичен скандал - закачливо подметна той, а тя шеговито го шляпна по ръката. - Ела, нека седнем за малко.

Заведе я внимателно до масата. Пръстенът блестеше на ръката ѝ, така необичаен, но така на мястото си! Камен продължи сериозно.

- Лили, мислих много за решенията, които трябва да взема и от които не искам да поставям в зависимост твоето щастие. Все пак, не мога да обещая, че ще бъда директор на "Великов груп". С баща ми имаме много сериозни разногласия - заради които и се скарахме така жестоко снощи отново - и ако той не отстъпи по някои въпроси, аз просто няма да се занимавам с това.

- Камене - прекъсна го Лили нетърпеливо, - ако още си спомняш, по времето, когато се запознахме, когато ме целуна, когато прекарахме заедно нощта, ти за мен беше шофьорът Камен и аз бях напълно доволна от това. Ако работата в бизнеса на баща ти не ти харесва, аз ще те подкрепя. Искам ти да бъдеш щастлив. Ако ми кажеш, че ще бъдеш щастлив, ако живеем в Австралия, ще тръгна с теб без дори да се замисля!

Той се усмихна мило и целуна отново пръстите ѝ, които държеше.

- Лили, знам, че магазинът е твоята гордост и твоят живот. Нямам толкова съществена причина да искам да се махнем от тук. Дори и да не се занимавам с производство на каучукови изделия в завода, имам достатъчно опит в други сфери, за да имам добра работа и добри доходи.

- Все пак, аз си мисля, че с баща ти ще постигнете съгласие - вметна Лили. - Случайно попаднах на него, когато те потърсих в кабинета и поговорихме за кратко. Мисля, че той беше истински разтревожен. И ме натовари със задачата аз да те връщам в България - засмя се тя.

- Натоварил е теб? - погледна невярващо Камен.

- Не знам какво знае за моята личност и от къде изобщо му е позната, но ми издиктува френския ти мобилен номер и ми нареди да почвам да те търся - подсмихна се Лили.

Той се разсмя.

- Такъв си е той... Досетил се е, значи. А аз си мислех, че ще го изненадам, когато те представя.

- Да ме представиш?

- Струва ми се, че родителите ми ще искат да се запознаят с бъдещата ми съпруга. Майка ми е много приятна и сговорчива жена, ще видиш - шеговито подхвърли той. - А и ще трябва да отидем до баща ми, за да вземем ключовете от къщата.

- Каква къща?

- Баща ми настояваше да се нанеса в нея още като се прибрах в България, но на мен ми се видя твърде голяма, а и иска обзавеждане, с което не ми се занимаваше. Затова предпочетох да наема готов обзаведен апартамент, докато реша какво ще правя. В яда си снощи успях да се обадя и на хазяите, че го освобождавам... - той се усмихна извинително. - Ще отидем да видим къщата още утре. Но ако не ти хареса, винаги можем да потърсим нещо друго.

Лили беше като замаяна.

- Помислил си за всичко... А аз още не знам на кой свят се намирам...

- Ами сигурно си в моя свят.

- Или пък ти си в моя?

Той се изправи, без да пуска ръцете ѝ. Тя го последва. Миг преди да впие устни отново в нейните, Камен прошепна:

- Добре дошла в нашия свят!

ОЧАКВАЙТЕ!

ЗА ЕДНА НОЩ

Люси Елеазар

Силно разтърсена от измяната на бившия си приятел, 32-годишната амбициозна маркетинг директорка Ева се бори да възвърне душевния си мир. Изкушена от случайната идея на сестра си, тя се оказва в прегръдките на магнетичния Андрей за една луда нощ, която после трябва да бъде забравена. Дали обаче очарователният непознат ще остане наистина само един красив спомен?

Тридесет и седем годишният адвокат Андрей е отдаден на кариерата и дъщеря си и в неговия живот няма място за любовни авантюри. Защо тогава се оказва толкова трудно да забрави загадъчната непозната, с която е прекарал една случайна нощ?